OETINGER TASCHENBUCH

W0393902

Dagmar H. Mueller lernte mit knapp vier Jahren schwimmen und verbrachte einen Teil ihrer Schulzeit im Internat. Sie studierte Germanistik und Sportwissenschaften in Hamburg und fuhr jahrelang zum Surfen an den Atlantik. Heute lebt sie sehr glücklich mit ihrer Familie auf der größten Insel Europas und schreibt dort inmitten von Wiesen und Wasser Bücher für Kinder und Jugendliche, von denen bereits viele in andere Sprachen übersetzt wurden.

Dagmar H. Mueller

Das Meermädchen Internat

Ein Delfin fürs Leben

Mit Illustrationen von
Franziska Harvey

Oetinger Taschenbuch

Außerdem bei Oetinger Taschenbuch erschienen:

Das Meermädchen-Internat – Willkommen auf Korallenkrone! (Band 1)

Das Meermädchen-Internat – Der Freundinnen-Schwur (Band 2)

MIX
Papier aus verantwortungsvollen Quellen
FSC® C014496

1. Auflage 2017
Oetinger Taschenbuch in der Verlag Friedrich Oetinger GmbH,
Poppenbütteler Chaussee 53, 22397 Hamburg
Juli 2017

Umschlag- und Innenillustrationen: Franziska Harvey
Druck: GGP Media GmbH,
Karl-Marx-Straße 24, 07381 Pößneck, Deutschland
ISBN 978-3-8415-0479-1

www.oetinger-taschenbuch.de

inhalt

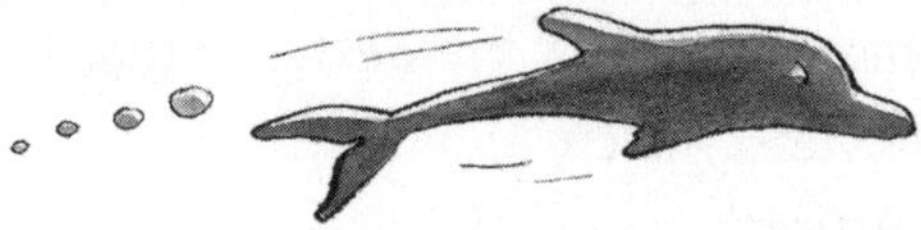

entführung in delfingeschwindigkeit

Das Wasser tief unten im Meer ist um diese Zeit dunkel und undurchsichtig. In atemberaubender Geschwindigkeit rauschen wir durch die Nacht.

Draußen fliegen Korallenriffe, Felsgebirge und Kelpwälder vorbei, von denen ich nur wenig erkennen kann. Alles verschwimmt vor dem kleinen Fenster der Kutsche zu dunklen Schatten. Ich recke meine Nase trotzdem so weit hinaus, wie ich kann.

Ich will einfach nicht glauben, was gerade passiert! Bin ich wirklich entführt worden? Ich wollte doch bloß draußen vor dem Internat ein bisschen die Jungen vom Nachbarinternat Redriff erschrecken. Deswegen bin ich nachts heimlich rausgeschwommen. Nur die Meermädchen aus meiner Schlafgrotte, Tay, Blue, Nemone und Maris Meerstern, wissen Bescheid.

Doch die Jungen waren weit und breit nicht zu finden. Überall nur nachtschwarzes Wasser. Alles,

was ich hatte, war die kleine Laternenfischlampe, die Maris Matschfisch Meerstern mir noch schnell in die Hand gedrückt hatte.

Dann hatte ich im Lichtschein plötzlich die Kutsche gesehen. Die war mir gleich so bekannt vorgekommen! Und keinen Wellenschlag später trieb er leibhaftig vor mir: Joruna Nort! Bevor ich noch begriff, was geschah, wurde ich von ihm auch schon grob in die Fahrkabine gedrückt. ZACK – war die Tür von außen verriegelt und ab sausten wir.

Die beiden Renndelfine, die vor die Kutsche gespannt sind, müssen eine Menge Perlen wert sein, denn sie werden und werden nicht müde. Mit ihrem einmaligen Radarsystem finden sie natürlich problemlos ihren Weg, auch in der größten Dunkelheit.

Aber was um alles in der Meerwelt hat mein Entführer mit mir vor? Wohin werde ich gebracht?

Ab und zu holpert und ruckt es. Jedes Mal nämlich, wenn die Delfine zu tief schwimmen und wir für Sekunden den Meeresboden rammen. Wären wir langsamer, könnte ich unten bestimmt reichlich Sand auffliegen sehen. So aber sind wir schon Seemeilen weiter, bevor der aufgewirbelte Boden die Höhe des kleinen Fensters, hinter dem ich gefangen bin, erreicht.

„Halt dich gut fest!“, schreit Joruna Nort vorne vom Kutschbock durch eine kleine Öffnung zu mir in den geschlossenen Passagierraum hinein.

Festhalten? Ha! Der soll sich selber mal gut festhalten! Zu gern würde ich den miesen Kerl von seinem Sitz schubsen und die Zügel in meine eigenen Hände nehmen! Wäre mir doch egal, ob er dann hier in der einsamen Wildnis von fiesen Muränen gefressen würde!

„Alani?“ Joruna Norts Stimme klingt bei diesem Tempo noch schneidender als sonst. „A-LA-NI!“

Pah! Der kann schreien, bis er schwarz wird. So schwarz wie sein weit flatternder Umhang. Und auf jeden Fall viel schwärzer als sein bunt schillernder Feuerschwanz.

Hihi, Feuerschwänze, so nennt Pap diese aufgeblasenen Meermänner aus den großen Meerstädten. Diese Art eingebildeten Meeraffen, die an keinem Korallenspiegel vorbeigehen können, ohne einen selbstgefälligen Blick hineinzuwerfen. Oh, wenn Pap nur wüsste, dass mich genau so ein Feuerschwanz gerade entführt!

Ach, Pap! Bei dem Gedanken an ihn und Mam, und auch an meine kleine Schwester Sassi, die alle drei zu Hause in den weitesten Weiten der Weite vermutlich nichts ahnend glücklich in ihren Seegraskojen liegen, werde ich ganz traurig. All die Wut und Empörung, die eben noch in mir brannten, zerbröseln zu Muschelstaub, der mich im Bauch zwickt und mir die Tränen in die Augen treibt.

„ALANI!“ Mit einer freien Hand pocht Joruna Nort nun auch noch unsanft gegen den Kasten, in den er mich vor einer knappen Stunde so fies geschubst hat. „Hörst du mich? Geht es dir gut?“

Gut? Ist der Typ seekrank? Was für eine dorschdusselige Frage! Wie soll es einem denn gut gehen, wenn man gerade hinterrücks gekidnappt wurde und nicht mal weiß, was der Entführer eigentlich mit einem vorhat? Ich meine, dass Joruna Nort kein Lösegeld für mich von Pap fordern wird, ist wohl ziemlich eindeutig. Die paar Perlen, die Pap im Monat mit seiner Delfinschule verdient, muss er sofort wieder für Futter ausgeben. Und Mam und Sassi wollen ja auch was essen. Da bleibt garantiert nichts übrig für solchen Luxus wie Lösegelder!

Vielleicht hat dieser Feuerschwanz doch das falsche Meermädchen erwischt? Vielleicht wollte er doch die fischstinkreiche Maris Meerstern, Tochter eines berühmten Popstar-Papas, entführen?

Quallenquark! Joruna Nort kennt mich genau. Der würde mich niemals verwechseln. Joruna Nort ist ja der Anwalt meines geheimnisvollen Vormunds.

Dieses Vormunds, den ich noch nie zu Gesicht bekommen habe und von dem ich nicht mal den Namen weiß. Geschweige denn den Grund, warum er sich bei mir nie blicken lässt!

Denn, was ich erst vor ein paar Tagen erfahren habe, ist, dass Mam und Pap nur meine Pflegeeltern sind, bei denen ich gelebt habe, bis …

… ja, bis eben dieser Feuerschwanz namens Joruna Nort eines Tages bei uns an die Wohngrotte klopfte und mit Pap sprechen wollte. Und ich kurz danach abschwimmen musste in das fischfeine Meermädchen-Internat Korallenkrone. Ob ich wollte oder nicht.

Aber wie verrückt ist das eigentlich, dass mich genau dieser Anwalt plötzlich jetzt wieder aus diesem Internat mitten in der Nacht entführt? Ranzige Rostmakrele! Jetzt werde ich doch wieder wütend! Gut so! Heulen bringt mich ja doch nicht weiter.

Eins ist klar wie Tintenfischbrühe: Ich muss hier irgendwie raus! Doch die Tür der Kutsche hat Joruna Nort zu fest von außen verriegelt. Und durch die winzige Fensteröffnung passe nicht mal ich durch.

Ich habe nicht den kleinsten Schuppenschimmer, in welche Richtung wir überhaupt fahren! Nach Norden, nach Süden, nach Osten, nach Westen? Nicht, dass ich besonders gut in Seekunde wäre und dadurch dann wüsste, wo Joruna Nort möglicherweise hinwill, aber … irgendwie käme ich mir vielleicht nicht ganz so ausgeliefert vor.

Ja, ausgeliefert, so fühle ich mich. Diesem Kerl, diesem Feuerschwanz, der von Anfang an so düster und unfreundlich war. Schon an dem Tag, an dem er zu uns in die weitesten Weiten der Weite kam, hat er nicht ein einziges Mal gelächelt. Und eben, als er mich in die Kutsche gedrängt hat, auch nicht.

Na schön, wenn man gerade jemanden entführt, ist es vielleicht auch nicht angebracht zu lächeln, okay, okay. Aber WARUM? Warum um alles in der Meerwelt entführt mich einer, der vorher behauptet hat, er handele im Auftrag meines Vormundes? Dieses Vormundes, der angeblich nur das Beste für mich will und mich deshalb nach Korallenkrone geschickt hat.

Das Beste! Ha! Ist eine Entführung das Beste, was einem Meermädchen passieren kann?

Die Delfine werden langsamer. Stoppt Joruna Nort die Kutsche? Sind wir da? Wir kommen auf dem Meeresboden zum Stehen. Ich rüttele zum hundertsten Mal an der Tür, aber sie ist und bleibt verschlossen. Matschige Meermakrele! Ich will hier RAUS!

Joruna Nort hat sich vom Kutschbock begeben

und schwimmt zur Kabinentür. Ich kann sein unfreundliches Gesicht und seinen dunklen Umhang aus meinem kleinen Fenster sehen.

Jetzt lugt er zu mir hinein. Oh, ich würde ihm am liebsten zwei dicke Seegrasstängel in seine Nasenlöcher stecken!

„Alani? Geht es dir gut?“, wiederholt er.

Ich funkele ihn böse von drinnen an. „Natürlich! Könnte mir nicht besser gehen! Was dachten Sie?“

Ich kann sehen, wie sich eine seiner dichten Augenbrauen, überrascht über meinen Spott, hebt. Dann atmet er deutlich hörbar aus. Als wäre er ein klein wenig genervt. Was für eine fischstinkige Frechheit ist das nun schon wieder! Wie kann der Kerl genervt sein, wenn doch wohl ich es bin, die hier allen Grund zur Beschwerde hat?!

„Hast du Hunger? Möchtest du etwas essen?“ Er hält mir einen lecker duftenden Fischburger hin.

„Nein, danke“, antworte ich meerwassereisig.

Stinkende Stechmuschel! Ich nehme doch kein Essen von einem Kerl an, der mich gerade böswillig verschleppt! Und überhaupt – es würde ihm ganz recht geschehen, wenn ich verhungerte. Wie würde er das dann wohl meinem Vormund erklären?

Oh, meine Meerwelt, da kommt mir ein grässlicher Gedanke! Vielleicht WEISS mein Vormund, dass ich entführt werde? Vielleicht handelt dieser Feuerschwanz mal wieder nur im Auftrag *meines Vormunds*?

Ach, quirliger Quallenquatsch, nein! Wieso sollte mein Vormund mich entführen lassen? Der kann doch sowieso bestimmen, wo ich leben soll und was ich machen soll und all diese Dinge, die sonst nur Eltern bestimmen dürfen. Das ist es ja, wozu ein Vormund da ist.

„Iss doch wenigstens ein klein wenig!“, nuschelt Joruna Nort jetzt.

Habe ich da etwa so etwas wie Sorge in seinem Gesicht gesehen? Ja, der Kerl sieht beinahe betrübt aus. Na ja, jedenfalls so betrübt, wie man mit einem von Natur aus hässlichen und finsteren Gesicht aussehen kann.

Ich kneife meine Lippen abweisend zusammen und gucke ihn wortlos ebenso hässlich und finster an. Das wird wohl als Antwort genügen.

„Na schön!“ Joruna Nort wickelt seinen Burger wieder in das Schilfblatt ein, schüttelt den Kopf und fegt seinen rot schimmernden Fischschwanz mitsamt den stadtmenschenfein polierten Schuppen energisch durchs Wasser, um zum Kutschbock zurückzukommen. Ich kann meinem Pap da nur zustimmen. Alles aufgeblasene Feuerschwänze, diese Meerstadtmenschen!

Keinen Wellenschlag später ruckt die Kutsche wieder an und wir zischen wie vorher mit Renndelfingeschwindigkeit durchs nächtliche Meer. Also irgendwas muss ich mir jetzt ausdenken! Irgendwie muss ich diesem miesen Joruna Nort entkommen! Ich hab doch sonst keine so fetten Bugwellen vorm Kopf! Denk nach, Alani! Wie komme ich hier bloß raus? Irgendwas wird mir doch wohl einfallen!

Ich taste nach Alexis. Das ist bei mir sozusagen eine automatische Handbewegung, wenn ich nachdenke. Alexis ist mein Pickel. Der vom Kinn. Der kleinere, dezentere Pickel, der nur ab und zu seinen Kopf auf der linken Hälfte meiner Stirn hervorstreckt, heißt Nikos. Keine Ahnung, warum ich die beiden Alexis und Nikos genannt habe. Als ich nach Namen gesucht habe, schwammen die mir einfach als Erstes ins Hirn.

Ich mag Nikos. Er ist bescheiden, zurückhaltend und wirklich nur selten zu sehen. Jetzt gerade zum Beispiel nicht.

Alexis ist da anders. Er ist fast immer da. Dick und fett und aufdringlich. Aber ich hab mich an ihn gewöhnt. Und – ehrlich – irgendwie möchte ich ihn gar nicht mehr missen. Ihn beim Nachdenken ein bisschen zu quetschen, gibt mir ein kuschelig-muscheliges Gefühl. Fast so, als wäre noch alles wie gestern. Beinahe geht sogar das nun doch etwas drückende Gefühl, das ich allmählich im Hals kriege, davon weg.

Moment! Waren das eben Häuser, an denen wir vorbeigerauscht sind? Richtige Sandsteinhäuser? Nicht solche normalen Grotten, in denen jeder normale Meermensch wohnt, meine ich? Und – huch – war das jetzt gerade eine echte, glitzerig-schimmernde Perlmuttvilla? Flippiger Flossenschlag! So was habe ich bisher nur im Muschelmonitor gesehen! Das sieht ja aus … wie …

… wie Paläste! Bringt mich Joruna Nort etwa in eine richtig große Meerstadt?

villen und paläste

Wenn man wie ich sein Leben lang in den weitesten Weiten der Weite gelebt hat, hatte man nicht viel Gelegenheit, große Meerstädte zu Gesicht zu bekommen. Oder in meinem Fall gar keine.

Mir fallen nicht mal viele Namen ein. Natürlich weiß ich, dass unsere Hauptstadt Aquamarina heißt. Aber dort gewesen bin ich noch nie. Meine Meerwelt, könnte das hier etwa …?

Die Kutsche wird langsamer, weil die Schwimmbahnen hier unten immer enger werden. Zu eng, um noch mit voller Delfingeschwindigkeit über den Meeresboden zu donnern.

Wir bewegen uns durch eine Art Korallenriff. Allerdings durch kein so natürlich aussehendes wie das, in dem unser Internat Korallenkrone und das Jungeninternat Redriff liegen, sondern durch eines, das zu einer Art ganz unglaublichem Kunstwerk ausgebaut ist. Glitzernde Perlmutttürmchen auf hohen Wohnpalästen wechseln sich ab mit bunt funkelnden, edelsteinbesetzten kreisrunden Dachkugeln.

Allmächtige Austernmuschel! Mir steht der Mund so weit offen, dass ein ganzer Schwarm Lodden mühelos Platz darin finden könnte.

Da! Dort hinten ist ein Schild!

Aquamarina 2 Seemeilen

Tatsächlich! Wir kommen in unsere Hauptstadt. Doch dies hier sind anscheinend erst die Vororte. Sandiges Seesternchen! Wie wird dann wohl das Zentrum von Aquamarina aussehen?

Wenig später weiß ich es. Die ganze Innenstadt ist ein einziges Meer von Farben. Sogar mitten in der Nacht. Überall leuchten dicke Kugeln, gefüllt mit Leuchtfischen, die alles erhellen.

Was für eine Verschwendung!, muss ich denken. Wo doch nachts die meisten Meermenschen sowieso schlafen und das gar nicht bewundern können!

Trotzdem sieht es atemberaubend schön aus. Meermärchenhaft schön! Wie eine andere Welt! Eine Welt, die ich noch nie zuvor gesehen habe. Auch das Riff, in dem Korallenkrone liegt, schillert in allen Farben. Doch dort ist es die Natur mit ihren Fischen und Meerblumen, die die Farbenpracht ausmacht. Hier dagegen sind es die kunstvollen Bauten.

Einen winzigen Moment lang macht mein Herz einen aufgeregt freudigen Satz und ich spüre blubberiges Bauchkribbeln. Fast so, als würde man in Urlaub fahren und endlich am lang ersehnten Ort ankommen.

Doch natürlich erinnere ich mich gleich wieder, warum ich hier bin. Natürlich, weil ich fieserweise entführt wurde! Und eine Entführung ist ja wohl kein Grund für urlaubsfröhliches Bauchkribbeln!

Ups! Jetzt hat Joruna Nort die Kutsche angehalten. Wir sind da.

Wir stehen vor einem sehr schmalen, aber endlos hohen Palast. Ich kann aus meinem kleinen Fenster heraus nicht mal genau sehen, wo er oben aufhört. Der prunkvolle Bau ist über und über besetzt mit schaumig weiß schimmernden Perlmuttplättchen. Oh, wie viele Perlen das den stolzen Besitzer wohl gekostet haben mag?!

Ich kann sehen, wie Joruna Nort vom Kutschbock steigt und sich vorne bei den Delfinen zu schaffen macht. Wenig später sind sie von ihrem Fahrgeschirr befreit, huschen durch eine Lücke zwischen den Häusern hindurch und verschwinden aus meinem Sichtfeld. Vermutlich ist dort hinten ihr Stall und sie können sich nun ausruhen. Glückliche Delfine!

Ausruhen – salziges Meerwasser! –, das würde ich allmählich auch gern! Es muss schon weit nach Mitternacht sein und trotz Aufregung und Empörung merke ich, wie meine Lider schwer werden. Doch Einschlafen ist nicht drin! Wer würde wohl mitten in einer Entführung einschlafen? Außerdem brauche ich natürlich beide Augen weit offen, um endlich eine Fluchtmöglichkeit zu erspähen.

„Alani?" Joruna Norts Gesicht taucht vor dem kleinen Fenster der Kutsche auf. „Ich schließe jetzt die Tür auf. Bitte sei vernünftig und schwimme brav neben mir her!"

Vernünftig? Brav? Dem haben sie wohl Seegras ins Hirn gepflanzt! „Was wollen Sie eigentlich von mir?", fauche ich ihn an.

Joruna Nort atmet wieder so seufzend aus. Beinahe könnte man Mitleid mit ihm kriegen. Irgendwie sieht er so aus, als würde ihm diese ganze Entführerei nicht wirklich liegen. Dabei kann doch jeder sofort sehen, was für ein übler Schurke er ist!

So finster und unfreundlich wie er immer aussieht.

„Sie haben kein Recht, mich gefangen zu halten!“, setze ich böse hinzu. „Warum tun Sie das?“ Wäre ja noch schöner, wenn ich mich von dem einschüchtern lassen würde!

Vor seiner Antwort kommt wieder dieser tiefe Seufzer! Und dazu schüttelt er nun auch noch fast traurig den Kopf. „Es steht mir nicht zu, dir das zu sagen, Alani. Aber, bitte glaub mir, es geschieht nur zu deinem Besten!“

Zu meinem Besten! Na klar!

Als ich jetzt höre, wie Joruna Nort den Riegel zurückschiebt, peitsche ich meine Schwanzflosse sofort mit voller Wucht durchs Wasser und schmeiße mich gegen die Tür. Wenn ich ihn nur eine Sekunde umreißen könnte, wäre ich weg. Mehr Zeit brauche ich nicht, das weiß ich.

Doch dummerweise lässt sich der blöde Feuerschwanz nicht überrumpeln. Er schwebt unverrückbar vor der nun zwar entriegelten, aber immer noch verschlossenen Tür. Was ist los, wiegt der Kerl etwa hundert Tonnen? So kräftig sieht der doch gar nicht aus!

„Alani!“ Seine schneidende Stimme klingt drohend. „Sei bitte vernünftig! Sonst …“ Er beendet den Satz nicht.

Was sonst? Matschige Meermakrele, nun wird mir doch ein wenig mulmig. Hat der etwa vor, Fischfilet aus mir zu machen und mich erst danach – fein gepfeffert und gesalzen – zurück nach Korallenkrone zu schicken? Denn zurückschicken, das wird er mich ja wohl! Oder?

Fischige Flossenkrätze! Plötzlich kriege ich doch Krabbensausen, das mir den Hals abschnürt. Obwohl ich alles andere als eine Angstkrabbe bin. Aber die Vorstellung, dass dieses ungeplante Abenteuer vielleicht NICHT gut ausgehen könnte …

Hilfe, Tay! Ach, hätte ich bloß mein Muschelfon nicht in unserer Schlafgrotte liegen lassen!

Wieder und wieder grabe ich in den Taschen meines Rockes in der Hoffnung, es doch noch zu finden. Doch alles, was ich finde, ist Maris Meersterns peinliche perlmuttrosafarbene Leuchtfischlampe und die kleine Schachtel mit Strand- und Wasserflöhen, die Blue großzügig aus ihrem heimlichen Privatzoo gespendet hat, damit ich die Jungen ärgern kann.

Ach, wenn ich jetzt an meine unerschrockene Freundin Tay und auch an die anderen drei Meermädchen aus unserer Schlafgrotte im Internat denke, dann kriege ich richtig scheußliche Sehnsucht. Ist das nicht verrückt?

Doch die freche Blue, die liebe und hilfsbereite

Nemone und sogar die eingebildete Maris haben tatsächlich alle irgendwie ihre netten Seiten. Auch wenn ich das vor ein paar Tagen noch ganz anders gesehen hätte. Und auch wenn Maris Matschfisch Meerstern natürlich trotz kurzen Anfällen von Nettigkeit eigentlich eine echt fischstinkig fett verwöhnte Seenudel ist, die mit ihrem Popstar-Papa Mono Meerstern krakeneklig angibt.

Ich meine, in den ersten Tagen in Korallenkrone hätte ich alles dafür getan, so schnell wie möglich aus diesem schimmelig-schimmerigen, fischfeinen Internat für höhere Meertöchter wieder abschwimmen zu dürfen. Und nun? Nun erinnere ich mich an den vergangenen Abend in unserer Bernstein-Schlafgrotte und wie viel Spaß wir fünf plötzlich zusammen hatten. Besonders, als wir uns lustige Sachen ausgedacht haben, um den Jungen aus Redriff, genauer gesagt, der sogenannten Rattenfisch-Gang, bestehend aus Polo, Jolvo und Sinnakus, einen Streich zu spielen.

Tja, der Streich ging ja leider daneben, weil die Jungen gar nicht da waren, wo wir sie erwartet hatten. Die lagen nämlich – und liegen vermutlich immer noch – in ihren Betten in Redriff und ahnten nicht, dass ich mich heimlich aus Korallenkrone rausgeschlichen hatte, um sie zu treffen.

Stinkendes Seegras! Hätte ich das bloß nicht getan! Dann hätte mich Joruna Nort auch nicht kidnappen können!

„Wirst du vernünftig sein, Alani?“ Der miese Anwalt unterbricht meine Gedanken und guckt mich mit finster gekräuselter Stirn an. „Glaub mir, ich tue das alles hier nicht gern!“

Er packt mich grob am Arm und zieht mich schwimmend hinter sich her. Der feinfischige Feuerschwanz ist stärker, als er aussieht. Ich habe keine Chance, mich loszureißen.

Über dem Eingang zu dem schmalen, aber prachtvollen Gebäude hängt ein Schild.

Rechtsanwaltskanzlei Perlberg, Flunder, Nort und Partner

Na, das nenne ich frech! Der will mich tatsächlich in seinem Büro verstecken!

„Es ist hoffentlich nur für ein paar Tage“, nuschelt Joruna Nort, als er die Eingangstür hinter uns wieder sorgfältig schließt. „Ich bin nicht eingerichtet

auf Besuch, aber für diesen Notfall wird es schon gehen, denke ich."

Besuch? Notfall? Ich habe immer mehr den Eindruck, der Typ ist komplett wässrig in seinem hässlichen Kopf. Spinnt der? Eine Entführung ist doch kein Besuch! Und schon gar kein Notfall!

„Hier entlang!" Der Feuerschwanz zieht mich eine lange, beinah senkrechte Röhre hoch, die zu den oberen Stockwerken führt. Im sechsten oder siebten Stock öffnet er eine Tür und schubst mich hinein. „Das ist mein Arbeitszimmer. Warte hier bitte einen Moment!"

Bevor Joruna Nort wegschwimmt, dreht er sich noch einmal um. Seine dichten dunklen Augenbrauen sind zu böse drohenden Schatten zusammengekniffen. „Und wehe, du bringst irgendetwas in Unordnung! Meine Kanzlei ist nicht dafür gemacht, Kinder zu beherbergen." Dann versucht er, sein unfreundliches Gesicht etwas zu entspannen. „Ich bin in weniger als zehn Wellenschlägen wieder da. Ich richte dir nur schnell ein Gästezimmer her."

Und – klick – höre ich den Schlüssel im Schloss und bin wieder eingeschlossen.

ein Schreibtisch voller Briefe

Das Arbeitszimmer von diesem schurkigen Anwalt meines Vormunds ist nicht besonders groß. Dafür aber sehr hoch gelegen.

Ich kraule zur kreisrunden Fensterluke – die natürlich ebenfalls verriegelt ist – und schaue hinaus. Knalliger Kuschelfisch! Was für ein supersandiger Ausblick! Wie ein funkelnder Perlenteppich liegt die ganze Stadt mit all ihren Säulen und Türmen, Leuchtkugeln und aus den Korallen gehauenen Zinnen in der Dunkelheit vor mir. Nur wenige nachtaktive Tiere schwimmen vor dem Fenster vorbei, aber ich nehme an, dass sich auch tagsüber nicht viele Fische in eine so große Stadt verirren. Große Fischschwärme fänden sowieso kaum Platz.

Dann wende ich mich von dem faszinierenden Anblick ab und lasse meine Augen durch den Raum gleiten. Ein riesiger Schreibtisch mit Stapeln von Schilfblättern steht in einer Ecke, die andere Seite füllt ein Granitschrank. In dem hebt der Feuerschwanz bestimmt all den wichtigen Anwaltskram auf, der vermutlich geheim ist. Pah, interessiert mich sowieso nicht!

Da es hier nicht viel anderes zu tun gibt, kraule ich mal zum Schreibtisch hinüber und werfe einen Blick auf die Schilfblätter. Lauter wichtig aussehende Seiten mit vielen Paragrafenzeichen. Na toll, spannender geht's nicht!

Ein paar Bilder, ausgeschnitten aus einer Meerzeitung, liegen unter einem Papierbeschwerer. Als ich den Stein hochhebe, um mir die Fotos genauer anzusehen, fangen die dorschdusseligen Schilfblätter darunter natürlich an, fröhlich im Raum herum zu treiben. Ich fische mir ein lustig aussehendes Bild von einem Mädchen heraus, scheuche den Rest, so gut es geht, wieder zu einem Stapel zusammen und stopfe ihn schnell wieder unter den Stein.

Komisch, warum hat ein Anwalt ein ausgeschnittenes Zeitungsfoto von einem Meermädchen auf seinem Schreibtisch liegen?

Das Mädchen hat in der linken Hand eine Harpune, hält mit der rechten einen fischfetten Barsch in die Kamera und grinst stolz. Anscheinend hat sie einen Preis fürs Fischen gewonnen. Weswegen sie wahrscheinlich in die Meerzeitung gekommen ist.

Ich sehe auf den ersten Blick, was für teure Klamotten sie anhat. Und die Harpune Marke Luxusausführung muss mindestens hundert Perlen wert sein! Stinkendes Seegras! Mit dieser Ausrüstung hätte ja jedes Meerbaby fischeierleicht einen Hauptgewinn fangen können!

Trotzdem sieht sie sympathisch aus. Ich gucke mir das Gesicht etwas genauer an. Das Schilfblatt ist reichlich wellig und abgegriffen. Aber – DREIMAL GEBROCHENER HAIKNOCHEN! – das bin ja ich!

ICH???

Erst jetzt lese ich die Unterschrift unter dem Bild.

In der Klasse der unter Sechzehnjährigen errang heute die elfjährige Sia Wellenschlag einen beachtlichen zweiten Platz!

Sia Wellenschlag? Wer soll das sein? Kein Zweifel, das bin ich! Nicht etwa irgendeine Sia Wellenschlag. Wie dumm sind Meerzeitungsleute eigentlich, dass sie unter ein Foto einen völlig falschen Namen schreiben!

Aber – halt – bin ich das wirklich?

Quallenquark, nein! Natürlich KANN ich das nicht sein! Erstens habe ich nie bei so einem Fischfang-Quatsch mitgemacht. Und zweitens – solche fischfein teuren Klamotten habe ich natürlich auch nicht. Und sowieso – Pap hätte mich nie eine so schwere Harpune in die Hand nehmen lassen!

Ungläubig starre ich auf das Foto. Ich fühle mich, als hätte ich frontal einen Hai gerammt. Ein wenig benommen, ein wenig langsam im Denken.

Hm, ich bin ganz klar auf dem Bild zu sehen! Aber ich kann mich weder an die Situation erinnern, jemals auf einem Turnier Fische erlegt, noch daran, zu Hause in den weitesten Weiten der Weite jemals solche Sachen im Kleiderschrank treiben gehabt zu haben.

Ich starre immer weiter auf das Mädchen. Das macht alles keinen Sinn! *Sia Wellenschlag* steht unter der Aufnahme. Und doch bin das ganz klar *ich*.

Besteht vielleicht die Möglichkeit, dass ich irgendwann einen Blackout hatte? Dass das hier zwar passiert ist, dass ich mich aber nicht mehr daran erinnern kann?

Wann kann man sich an Dinge nicht mehr erinnern? Wenn man einen schweren Schock erlitten hat, soweit ich weiß. Wäre das eine Erklärung? Habe ich kurz vor oder nach dieser Aufnahme wegen irgendeiner Sache einen solchen Schock bekommen, dass ich mich nun nicht mehr an diesen Tag erinnern kann?

Ich muss unbedingt Mam oder Pap danach fragen, wenn wir das nächste Mal muschelieren! Allerdings – hätten sie mir nicht längst von so einer Erinnerungsstörung erzählt?

Na ja, auf der anderen Seite hat Pap mir ja offenbar eine Menge Dinge verheimlicht. Dass er nicht mein richtiger Vater ist, zum Beispiel. Das habe ich ja erst an meinem ersten Tag in Korallenkrone erfahren. Wie viele Dinge gibt es noch, die ich nicht weiß und die ich vielleicht besser wissen sollte?

Ein paar Wellenschläge lang lasse ich mich verwirrt im Raum treiben. Das Foto immer noch in der Hand. Dann bemerke ich etwas vor dem runden Fenster. Einen Delfin!

Nun hat der Delfin auch mich gesehen. Er dreht sofort bei und kommt näher. Aufgeregt reckt er seinen Kopf auf und nieder, ganz so, wie unsere Delfine zu Hause das tun, wenn sie auf etwas aufmerksam machen wollen. Was will der nur von mir?

Unwillkürlich lächele ich. Ich liebe Delfine! Delfine sind die klügsten und liebevollsten Tiere, die man sich in der Wasserwelt vorstellen kann!

Jinni und Lu, meine Lieblingsdelfine aus Paps

Delfinschule, konnten jeden Tag genau fühlen, wie meine Stimmung war. Ob ich müde war oder traurig, ob ich einfach nur unternehmungslustig war oder echten Beistand brauchte. Manchmal fühlten sie das sogar besser als ich! Oh, wie ich die beiden vermisse!

Aber – flippiger Flossenschlag – jetzt erkenne ich ihn erst! Das da draußen ist ja Finn! Der Delfin, mit dem meine Freundin Tay und ich uns bei unserem verbotenen Ausflug an die Wasseroberfläche angefreundet haben! Lieber, lieber Finn!

„Finni!", rufe ich und lächele nun noch mehr. „Wie hast du mich gefunden?"

Ich kann seine aufgeregt schnatternde Antwort durch die Fensterscheibe hören. Leider begreife ich nicht wirklich, was er mir sagen will. Aber eins ist klar wie Tintenfischbrühe: Finn ist meinetwegen hier! Und wenn ich es nur irgendwie schaffe, aus diesem Gebäude hinauszukommen, dann wird er mich bestimmt zurück nach Korallenkrone bringen.

Oh, ich werde ganz froh bei dem Gedanken! Denn selbst wenn ich es geschafft hätte, Joruna Nort zu entkommen …, den ganzen Weg mit meinen Armen und meiner kleinen Schwanzflosse von Aquamarina zurückzuschwimmen, das wäre wohl kaum leicht geworden!

In diesem Moment höre ich vor der Tür Joruna Nort heranplatschen und mit dem Schlüssel im Schloss hantieren. Mit einem hastigen Flossenschlag zische ich zum Schreibtisch, um das Bild zurückzulegen. Da fällt mein Blick auf einen Brief, der sehr schwungvoll mit *Nikos* unterschrieben ist.

Nikos? Unwillkürlich muss ich grinsen. Wie lustig, Joruna Nort kennt jemanden, der genauso heißt wie einer meiner beiden Pickel!

Als ich mich schon fast wieder umgedreht habe, sticht mir plötzlich auf einem anderen Schilfblatt mein eigener Name ins Auge. *Alani!* Neugierig überfliege ich die Zeilen.

An Joruna Nort, Anwalt

Nort,

meine Geduld ist zu Ende! Ich erwarte meine zweitausend Perlen innerhalb der nächsten zwei Tage oder Alani findet ein ähnliches Ende wie Kiani! Ich weiß, dass Sie Alani nach Korallenkrone gebracht haben. Das Mädchen von dort wegzuholen, wo sie nur unter dem lächerlichen Schutz von ein paar Meerlehrerinnen steht, ist einfacher, als marinierten Oktopus zum Frühstück zu verspeisen. Außerdem habe ich einen guten Kontakt dort und dieser Kontakt schuldet mir noch einen großen Gefallen! Wenn Sie wissen, was ich meine …! Ich scherze nicht! Nikos hat mein Leben ruiniert und ich will Entschädigung. Denken Sie nicht mehr zu lange darüber nach, wenn Ihnen Alanis Leben auch nur einen Hering wert ist! Ich habe …

Ich runzele die Stirn. Ich begreife noch nicht ganz, was ich da gelesen habe! Aber schon wieder taucht der Name Nikos auf! Leider kann ich nicht zu Ende lesen, weil in diesem Moment die Tür aufgeht. Hastig schleudere ich den Brief auf den Schreibtisch und tue so, als hätte ich mich bloß für den kunstvoll geschnitzten Sitzhocker interessiert. Ich schaue erst hoch, als ich Joruna Norts Stimme höre: „Alles in Ordnung, Alani? Hast du auch meine Akten und Schriftstücke in Ruhe gelassen?“

flucht aus aquamarina

„Du musst nach der Reise erschöpft sein!“ Joruna Nort guckt mich beinahe mitleidig an.

Reise? Scherzfisch! Dieser schurkige Feuerschwanz tut immer noch so, als hätte er mich ganz freundlich zu einem kleinen Wasserausflug eingeladen! Um ihn allerdings nicht misstrauisch zu machen, gebe ich ihm diesmal keine unfreundliche Antwort, sondern versuche stattdessen, so harmlos wie möglich auszusehen. Ganz sicher würde Joruna Nort nicht sehr freundlich reagieren, wenn er wüsste, was ich auf seinem Schreibtisch gefunden habe!

Doch in meinem Kopf dreht sich alles. Worte, die keinen Sinn machen, und Namen, die ich nie gehört habe, sprudeln durcheinander wie sonst nur die merkwürdigen Zutaten in Mams wöchentlicher Fischsuppe. Und die Müdigkeit, die immer heftiger wird, hilft da nicht viel.

Tausend warnende Fragen hämmern in meinem Kopf. Schmerzhaft wie die Lippen eines Hammerhais: Wer ist Kiani und was passierte mit ihr? Und wer – beim allmächtigen Neptun – will MICH aus Korallenkrone rauben? Und warum hat mich stattdessen Joruna Nort geraubt? Und wieso ist *mein Leben* in Gefahr? Das kann doch nicht sein! Warum sollte mich *überhaupt* jemand rauben wollen?

Ich fühle mich wirr wie eine Feuerqualle nach einem Meersturm. Angst, Ungewissheit und Müdigkeit brennen schlimmer als die knallroten Tentakel.

„Oje, Alani, du siehst ja aus, als würdest du gleich ohnmächtig werden!" Joruna Nort krault mit zwei Armbewegungen auf mich zu und will mich stützend auffangen.

Doch – nein, danke! – ich brauche keine Stütze von einem miesen Entführer!

Als ich mich mit meiner Schwimmflosse eilig rückwärts stoße, merke ich, dass ich das Foto immer noch in der Hand halte. Um mein Herumblubbern auf dem Schreibtisch zu vertuschen, lasse ich den kleinen Zeitungsausschnitt unauffällig in meine Rocktasche gleiten, gleich neben die kleine Schachtel mit Blues Wasserflöhen. Joruna Nort bemerkt davon zum Glück nichts.

„Alani!", redet er beruhigend auf mich ein. „Ich tue dir doch nichts! Glaub mir, ich will nur dein Bestes!"

Statt einer Antwort weiche ich noch weiter von ihm zurück.

Sein Gesicht verdüstert sich. „Alani, du verstehst das ganz falsch! Ich will dir wirklich nichts Böses! Ich beschütze dich, verstehst du? Ich will nur …“

„Oh, vielen Dank!“, sprudele ich ihm wütend entgegen. „Ich brauche keinen Schutz! Ich verlange, sofort nach Korallenkrone zurückgebracht zu werden!“

Joruna Nort schüttelt entschieden den Kopf. „Tut mir leid, das geht nicht. Ein paar Tage wirst du es hier mit mir aushalten müssen.“ Er schwimmt zurück zur Tür. „Komm! Ich bringe dich zu deiner Koje.“

Ich schiele unauffällig zum Fenster. Ist Finn immer noch da draußen?

Ja! In einiger Entfernung treibt er auf der Stelle und wartet. Oh, Finn, mein Finn! Und dann gibt mir das gute Gefühl, nicht allein zu sein, den Mut, das zu tun, was ich jetzt tue.

Ich denke nicht lange darüber nach. Ich sehe einfach nur, dass die verschlossene Tür nun auf ist. Joruna Nort treibt in der breiten Röhre, die nach oben und unten führt, und deutet auffordernd aufwärts. Ich will aber nicht noch höher schwimmen in diesem Gebäude. Ich will hier raus!

Fest umschließe ich Blues Schachtel in der Tasche mit meiner Hand und ziehe sie dann blitzschnell heraus. Bevor Joruna Nort überhaupt bemerkt, dass etwas passiert, habe ich die Schachtel bereits geöffnet und ihm die ganze Ladung Wasserflöhe unter den Umhang und auf seine feuerrot schillernden Schuppen geschwappt. ZACK!!

HA! Fluppsiger Flossenschlag! Wie sich die vielen Flöhe freuen, endlich frei zu sein! Wie begeistert sie sich zwischen die Schuppen dieses Feuerschwanzes stürzen, um dort glücklich Verstecken und Wer-kann-am-festesten-Zubeißen zu spielen!

Und – hahaha! – wie Joruna Nort plötzlich erschrocken mit seiner Schwanzflosse zuckt und mit den Händen wedelt und sich hilflos müht, die lästigen Viecher wieder loszuwerden!

Leider kann ich den Anblick nicht allzu lange genießen. Ich zische so schnell ich kann mit kräftigen Flossenschlägen nach unten zum Haupteingang, aber ich kann Joruna Nort von oben lautstark ohne

Pause fluchen hören. Pickeliger Pökelfisch, das geschieht dem fiesen Feuerschwanz recht!

Zwischen den Flüchen ruft er nach mir: „Alani, bleib hier! Um Neptuns willen, schwimm nicht weg! Ich habe doch versprochen …“

Mehr höre ich nicht, weil ich nämlich die Eingangstür aufgerissen habe und endlich draußen bin. Frei! Wo ist jetzt Finn? Ah, da biegt er auch schon um die Ecke und taucht zu mir herunter. Mit einem geübten Griff schwinge ich mich auf seinen glatten Delfinrücken, halte mich an der Rückenflosse fest und – ab! – zischen wir durch das enge Meerstraßennetz von Aquamarina. Finn scheint den Weg genau zu kennen.

Der schurkige Feuerschwanz hat keine Chance mehr, uns einzuholen. Hahaha, der kann sich jetzt die nächsten Stunden mit Blues Flöhen die Schuppen krustig kratzen!

ein delfin fürs leben?

Ich beuge mich tief über Finns Rücken, als wir zurück in offenes Wasser kommen. Solange ich reite, spüre ich die Müdigkeit kaum. Ein Teil von Finns Energie scheint auf mich überzugehen. Ich schmiege mich dicht an seinen glatten Körper. Das Wasser rauscht in meinen Ohren, aber das, was ich am lautesten höre, ist Finns Herzschlag. Ich fühle mich warm und verbunden mit ihm.

Ich lächele mit geschlossenen Augen. Kann das hier vielleicht der Beginn einer wunderbaren Freundschaft sein? Einer Freundschaft fürs ganze Leben? Viele Meermenschen treffen doch irgendwann IHREN Delfin, der sie von da an treu begleitet. Mein eigener Delfin fürs Leben! Was für eine schöne Vorstellung!

(Dabei weiß ich doch genau, dass er bestimmt jemand anderem gehört. Nur wem?)

Meine Gedanken treiben voran nach Korallenkrone. Was haben wohl die anderen aus meiner Schlafgrotte gemacht, als ich nicht zurückgekommen bin? Haben die überhaupt eine Ahnung, was mir passiert ist?

Ich denke an Tay. Meine starke, unerschrockene Internats-Freundin. Die sich mit ihrem ungestümen Temperament allerdings gerne mal in Schwierigkeiten bringt. Stolze Delfinpolospielerin der West-Atlantik-Auswahl. Auch wenn sie im Moment keine Möglichkeit hat, dafür zu trainieren. Weil es dummerweise ja nur im Jungeninternat Redriff, nicht aber in Korallenkrone eine Delfinpolomannschaft gibt. Und weil Tay nun mal kein Junge ist. Auch wenn ich sie mit ihren kurzen Haaren beinahe zuerst für einen gehalten hätte! Ob Tay sich wohl Sorgen macht, wo ich geblieben bin?

Dann denke ich an Polo. Größter Angeber der Meerwelt. Aber auch mutiger Freund, der einem in gefahrvollen Momenten garantiert beisteht. Delfinpolospieler der Nordmeer-Auswahl. Der für all seine großen Turniere glücklich in Redriff trainieren kann. (Arme Tay!)

Und ich denke an Polos Freunde. Den meerwasserwuchtig gut aussehenden Jolvo, dem die Meermädchen aus Korallenkrone in Schwärmen hinterherkraulen. Und an Sinnakus Südwind, den etwas pummeligen und netten Meerjungen, dem immer irgendwelche Witze aus dem Mund blubbern. Die drei – Polo, Jolvo und Sinnakus – werden die Rattenfisch-Gang genannt. Ohne Zweifel deswegen, weil sie ständig Unsinn im Kopf haben.

Ich lächele, während ich mein Gesicht beim Reiten noch dichter an die linke Seite neben Finns Rückenflosse presse. Ist doch wirklich merkwürdig, wie blöd ich alle und alles in Korallenkrone am Anfang fand, und wie sehr ich mich nun doch auf die Schule freue.

Na ja, gut, auf die meisten barschblöden, schimmelig-schillernden Meerkätzchen freue ich mich natürlich nicht! Nicht umsonst haben Tay und ich ja bereits am ersten Tag unseren Anti-Schimmel-Club gegründet. Wir beide zusammen gegen die Schimmelmädchen! *Jaaa! Lani und Tay, die unschlagbaren zwei!*

Ich lächele noch mehr. Jedes Abenteuer erscheint

nur halb so gefährlich mit Tay an meiner Seite. Es fühlt sich plötzlich irgendwie richtig an, in Korallenkrone zu sein. Ich spüre, dass dort noch eine Menge auf mich wartet. Auch wenn ich nicht wirklich weiß, was das sein wird. Aber ich merke sehr deutlich (fast ein bisschen ZU deutlich), dass ich gerade mitten im größten Abenteuer meines Lebens schwimme. Und außerdem sagt mir ein nicht zur Ruhe kommen wollendes Blubbern im Bauch, dass dieses Abenteuer gerade erst begonnen hat!

Man braucht sich doch bloß mal anzugucken, was in den letzten Wochen alles passiert ist: Ein Feuerschwanz taucht praktisch aus dem Nichts in unsere Wohngrotte ein und bestimmt, dass ich nach Korallenkrone abschwimmen muss. Dort erfahre ich dann auch noch, dass Mam und Pap nur meine Pflegeeltern sind!

Von Pap erfahre ich danach am Muschelfon, dass meine richtigen Eltern bei einem Unfall ums Leben gekommen sind, dass ich aber einen Vormund habe, der von nun an für mich sorgen wird. Auch wenn ich ihn bis jetzt noch nie zu Gesicht bekommen habe. Denn dieser Vormund lässt alles, was mich betrifft, von seinem Anwalt Joruna Nort regeln.

Daher sollte man eigentlich davon ausgehen, dass

dieser Feuerschwanz und Anwalt mir gut gesonnen ist. Aber – fischige Flossenkrätze! – genau das ist er wohl kaum, wie ich nun am eigenen Leib erfahren habe!

Und jetzt auch noch dieser meerungeheuerliche Brief, den ich auf Joruna Norts Schreibtisch gefunden habe! Jemand droht, mich aus Korallenkrone zu rauben! (Allerdings war Joruna Nort ja schneller!) Und dieser Jemand will sich damit anscheinend an einem gewissen Nikos rächen.

Wer ist Nikos? Und was hat er mit mir zu tun?

Und WER ist das überhaupt, der mich rauben will?

Verknotete Riesenkrake! Das ist alles so verwirrend! Und auch beängstigend. (Auch wenn ich keine Angstkrabbe bin!)

Ich reibe automatisch meine Stirn. Wie immer, wenn ich nachdenke oder mich ein bisschen unsicher fühle. Und ertaste – statt einer vernünftigen Antwort auf meine Fragen – bloß einen meiner peinlichen Pickel. Den etwas dezenteren Nikos. Warum habe ich ihn eigentlich so genannt?

Nikos, Nikos, Nikos.

Meine Meerwelt! In was für ein Riesenabenteuer schwimme ich da bloß gerade? Was wartet noch alles auf mich?

Ich tauche aus meinen ozeantiefen Gedanken auf und gucke mich im immer heller werdenden Wasser um. Es muss schon Morgen sein. Meine Augen sind so müde, dass ich sie fast den ganzen Ritt über geschlossen hatte. Mein Herz aber klopft wach wie eine futtersuchende Riesengarnele.

Was für ein Glück, dass ich gleich in Korallenkrone sein werde und Tay in die Arme fallen kann!

Freunde sind mehr wert als tausend Perlen

Ich erwarte jeden Moment das Auftauchen des Korallenriffs.

Es gibt nicht vieles, das schöner ist als so ein Riff mit all seinen bunt schillernden Blumen und Tieren. Mit seinen zerklüfteten Korallenbänken und endlosen Tunneln und Burgen und weiten Toren.

Doch nichts von alledem ist zu sehen. Finn und ich fegen nur immer weiter durch endlose Weiten, endlose Tiefen. Wo um alles in der Meerwelt sind wir?

Endlich taucht vor uns ein Gebirge auf, das mir bekannt vorkommt. War ich hier nicht schon mal? Aber ja, das ist das Felsgebirge, in dem Tay und ich auf unserem verbotenen Ausflug die große Höhle mit Finn entdeckt haben. Und – hui! – hier schießt Finn auch schon in den Eingang hinein. Drinnen drosselt er sofort sein Tempo, bis er nur noch bewegungslos in den Wellen plätschert.

Wir sind in einem riesigen Felsraum, an den sich noch etliche kleinere anzuschließen scheinen. Nur vorne in der Höhle kann man gut sehen. Nach weiter hinten gelangt kein Licht mehr.

Aber warum ist Finn hierhergeschwommen und nicht nach Korallenkrone?

Ich bemühe mich, ihn dazu zu bewegen, wieder aus der Höhle hinauszuschwimmen und Kurs auf das Riff mit den Internaten zu nehmen. Doch jedes Mal, wenn ich versuche, Finn mit meiner Schwanzflosse in die richtige Richtung zu lenken, dreht er sich gleich danach wieder stur zurück. So was! Wieso ignoriert er mich? Das ist mir noch nie passiert, schließlich bin ich eine wirklich gute Delfinreiterin!

Plötzlich löst sich etwas aus dem Dunkel der Höhle und schießt mit einem heftigen Wellenschlag auf uns zu.

„LAANIII!“, schreit das Etwas mit glockenheller Stimme aus voller Kehle. „Dicke Planschflosse, ALANI, DU ALTE MATSCHMAKRELE!“

Und zu meinem ersten Riesenschreck gesellt sich ein erleichtertes Glücksgefühl.

„TAY!!! Oh, Tay, Tay, Tay!“

Wir fallen uns in die Arme, als hätten wir uns Meerjahre nicht gesehen! Dabei war es doch nur eine Nacht. Allerdings eine sehr, sehr lange Nacht! Mit meerwasserungeheuerlichen Ereignissen!

Doch bevor ich Tay ausgiebig von meinen Erlebnissen erzählen kann, bemerke ich hinter ihr auch Polo, Jolvo und Sinni herankraulen! Die Rattenfisch-Gang!

Und da muss ich die natürlich auch erst mal drücken und küssen. Wenn man gerade einem fiesen Entführer entkommen ist, dann hätte man sogar Lust, Signora Nevea, unsere strenge Lehrerin für Landmenschenkunde, zu küssen!

Polo und Sinnakus scheinen das aber nicht erwartet zu haben. Na ja, vermutlich wurden sie noch nie entführt und wissen nicht, wie erleichtert man sich nach der Flucht fühlt! Die beiden sehen nach meinen begeisterten Küssen aus, als würden sie gleich ohnmächtig werden. Also ehrlich! Jungen sind doch einfach Fischeier! Fallen bei dem klitzekleinsten Küsschen schon um!

Einer fällt allerdings nicht um. Jolvo, der Meerherzensbrecher des Internats! Na klar, der ist das Geküsstwerden vermutlich gewohnt wie sein tägliches Muskeltraining vor dem Frühstück! Mister Meermädchenschwarm grinst entspannt über beide Backen, schaut mir cool und seegrasgerade in die Augen und legt den Kopf ein wenig schief.

„Hallooohohooo, Alani! Ich glaube, du solltest öfter mal verloren gehen und von mir gefunden werden!“

Puh, der hat’s aber wirklich drauf!

„Ach, halt die Klappe, Fischmaul!“ Tay zieht Jolvo, völlig unbeeindruckt von seiner Flirterei, so kräftig am Ende seiner Schwanzflosse nach unten, dass sein Herzensbrecherlächeln sofort verschwindet und er stattdessen mit lautem Blubbern eine Meermenschenlänge tiefer sinkt.

Auch Polo scheint von Jolvos großmäuligem Spruch ein bisschen genervt zu sein. „Haha! Als ob DU Alani gefunden hättest! Das war ja wohl eher Finn hier!“

Finn hinter uns schnattert in seiner Delfinsprache laut und zustimmend und nickt mit dem Kopf auf und nieder.

Ich werfe einen Blick zu Finn rüber und sehe ihm dankbar in die Augen. Wo Polo recht hat, hat er recht. Und Finn lässt sofort ein weiteres Schnattern hören. Delfine verstehen einen auch ohne Worte.

Als Jolvo sich wieder zu uns hochgepaddelt hat, setzt er eine gespielt verletzte Miene auf. (Meine Meerwelt! Der hat wohl in allen Dingen Übung, auch im gespielten Seehundblick!) Doch ich merke, dass er die kräftige Tay gleichzeitig fast bewundernd anschaut.

„Au! Du hartherziges Meermädchen!“, blubbert Jolvo trotzdem vorwurfsvoll zu Tay rüber.

Doch Tay lässt sich auch davon nicht weich klopfen. Sie beachtet Jolvo gar nicht. „Los, Lani, nun erzähl! Wo warst du? Wieso bist du letzte Nacht nicht zurückgekommen, als du niemanden draußen gefunden hast? Die Jungen haben uns erzählt, dass sie die ganze Zeit in Redriff waren.“

Ich gucke Tay erstaunt an. „Was soll das heißen? Niemand draußen? Du weißt doch genau, dass jemand gestern Abend um Korallenkrone herumgeschwommen ist!“

Tay reißt erschrocken die Augen auf. „Du meinst, du hast diesen … Kerl … gefunden?“

Ich hole tief Atem und schlucke dann. „Na ja, ich würde sagen, er hat eher mich gefunden. Leider.“

Und dann erzähle ich.

Auch von dem Brief mit den Drohungen.

Als ich geendet habe, starren mich Tay, Polo, Jolvo und Sinnakus mit einer Mischung aus Schreck und Ungläubigkeit an. Wir sitzen inzwischen auf dem Boden der Höhle mit den Rücken an die Wand gelehnt. Die vier sind meerwasserstill.

„Kotzende Krustenkrake!“, bricht es schließlich aus Polo raus. Er schüttelt fassungslos den Kopf. „Das ist ja der absolute Haihammer!“

Tays Augen sehen mich mitleidig, beinahe sanft an. Was wirklich ungewöhnlich für sie ist. „Du bist in ernsthafter Gefahr, Lani!“, sagt sie leise. Was noch ungewöhnlicher für sie ist.

Ich nicke. Und muss wieder schlucken. Und sage nichts.

Sinnakus räuspert sich. „Vielleicht … vielleicht hat dieser Brief auf dem Schreibtisch gar nichts mit dir zu tun und es ging um eine ganz andere Alani?“ Er schaut hoffnungsvoll in die Runde.

Doch die anderen tippen sich nur an die Stirn.

„Na klar! Und bei der Entführung ging es eigentlich auch um eine ganz andere Alani, ja?“, fragt Polo spöttisch.

Sinni zuckt hilflos mit den Schultern. „Okay, okay!“

Dann fällt mir wieder ein, dass wir immer noch nicht in Korallenkrone sind. „Wieso seid ihr überhaupt hier?“, frage ich.

„Blöde Frage!“, antwortet Polo. „Wir haben dich natürlich gesucht, du Matschbacke! Denkst du, wir lassen dich einfach mitten in der Nacht im Meer verloren gehen?“

„Tay hat um vier Uhr morgens ans Fenster unserer Schlafgrotte geklopft“, berichtet Jolvo mit einem Gesicht, als erzähle er gerade, dass Tay mit drei Harpunen bewaffnet – in jeder Hand eine, die dritte quer im Mund – in Redriff eingedrungen sei. Was für ihn vermutlich gleich schrecklich gewesen wäre. Wahrscheinlich hängt Jolvo an seinem Schönheitsschlaf, hihi!

„Und als Tay uns erzählt hat, dass du weg bist, sind wir natürlich sofort raus und haben dich alle gemeinsam gesucht!“, fügt Sinnakus ernsthaft hinzu. „Es hätte dir ja sonst was passiert sein können!“ (Und das ist es ja auch!)

Ich lächele zaghaft. Weil ich ehrlich beeindruckt bin. Ich bin erst so kurze Zeit in Korallenkrone und habe trotzdem schon Freunde, die bereit sind, mitten in der Nacht ihre muschelig-kuscheligen Kojen zu verlassen, um mir zu Hilfe zu kommen.

„Dann haben wir Finn getroffen“, erzählt Polo weiter. „Er hat uns zur Höhle geführt und …“

„… und uns immer wieder zurückgedrängt, wenn wir wieder hinausschwimmen wollten“, fällt ihm Jolvo ins Wort, „sodass wir schließlich einfach hiergeblieben sind und abgewartet haben.“

„Was offensichtlich eine gute Idee war, weil er dich ja hergebracht hat.“ Sinnakus nickt zustimmend. „Trotzdem! Merkwürdiges Verhalten von Finn! Aber ich bin natürlich auch kein Delfinspezialist.“

„Nee“, sagt Polo und grinst, „das bist du wirklich nicht!“

„Blue und Nemone wollten auch mitkommen“, berichtet nun Tay und es huscht ein leicht amüsiertes Lächeln über ihr Gesicht. „Und sogar Maris!“

Ich ziehe ungläubig die Augenbrauen hoch. „Was, Maris Matschfisch Meerstern?“

„Doch! Ehrlich!“, behauptet Tay.

„Ich wette, die hatte bloß Schiss, allein in eurer Schlafgrotte zurückzubleiben“, meint Sinnakus.

Ich stimme ihm insgeheim zu. Die eingebildete, meeraffige Maris mit ihren tausend Glitzerkettchen und all ihrem Schuppenpuder wirkt nicht unbedingt so, als wäre sie an der Rettung einer Mitschülerin interessiert. Außerdem fängt sie garantiert schon an, vor Angst mit den Zähnen zu klappern, wenn nur ein Sandwurm über ihre Schlafschilfdecke kriecht und ihr mit Ohrläppchenkitzeln droht.

„Scheckiger Schuppenpuder!“, murmele ich gerührt. „Sogar Maris Matschfisch Meerstern. Wer hätte das von ihr gedacht.“

Die drei von der Rattenfisch-Gang kichern. „Ihr nennt die, oh so *sandig süüüße* Maris MATSCHFISCH?", ruft Polo mit gespielt affektierter Stimme.

Meine Wangen kriegen ein leicht perlmuttiges Rosa. Ich hätte meinen Spottnamen für Maris vielleicht nicht vor den Jungen erwähnen sollen.

Ich werde allerdings schnell von meinem schlechten Gewissen abgelenkt, denn Tay drängt zur Rückkehr ins Internat. „Wollen wir dann mal, Leute? Ich kriege Hunger!"

Wir zögern nicht lang und paddeln langsam zum Ausgang der Höhle. Aber bevor wir noch ins offene Meer hinausschwimmen können, versperrt uns Finn den Weg. Er richtet sich zu seiner ganzen Größe vor uns auf, schlägt aufgeregt den Kopf auf und nieder und stupst jeden von uns, der zu nah ans Freie kommt, zurück in die Höhle.

„Tzz, genau wie heute Morgen", sagt Jolvo und schüttelt den Kopf.

„Hey! Was machst du?", rufe ich in freundlichem, aber erstauntem Ton. „Geh zur Seite, Finn! Wir müssen doch nach Korallenkrone!"

Doch der Delfin bewegt sich keine Schuppenlänge. Er treibt mit seinem großen Körper breit und unverrückbar im Weg.

„Verzischter Meermann, was soll das?" Polo

schwimmt ärgerlich heran und gibt Finn einen kleinen Klaps in die Seite. „Jetzt ist Alani doch wieder da! Kein Grund also, den gleichen Fischmatsch wie vorhin zu machen! Los, aus dem Weg!“

Doch Finn antwortet mit laut empörtem Klicken, das sehr entschieden klingt. Einmal mehr wünschte ich, die Delfinsprache Wort für Wort verstehen zu können. Alles, was ich deutlich erkenne, ist, dass Finn nicht die leiseste Absicht hat, uns aus der Höhle schwimmen zu lassen.

„Was hat er denn nun schon wieder?“, fragt Sinnakus verblüfft.

Tay kräuselt die Stirn und krault näher heran. Sie schaut Finn direkt in die Augen. „Er sieht nicht sehr glücklich aus“, stellt sie fest.

„Vielleicht kann er sich noch nicht von uns trennen?“, versucht Sinni einen kleinen Scherz. „Vielleicht möchte er uns noch zum gemeinsamen Frühstück einladen?“

Jolvo grinst. „Er ist doch kein Hai!“ Was ihm einen entsetzten Blick von Sinnakus einträgt. „D-d-das hab ich doch überhaupt nicht damit gemeint! Ich … ich meinte doch nur, dass wir …“

Tay beachtet das Gekabbel gar nicht, sondern schaut ernst und immer besorgter. Und auch ich merke deutlich, dass hier irgendetwas nicht stimmt.

Finn zeigt zu aufgeregte Warnsignale. Droht draußen Gefahr? Ist Joruna Nort mir etwa nachgeschwommen? Wird er uns nun alle kidnappen wollen? Bevor ich noch diesen scheußlichen Gedanken ganz zu Ende gedacht habe, weiß ich, wovor uns Finn warnen will.

Eine monstermeergewaltige Welle schießt plötzlich von draußen zu uns herein und drückt uns alle durch die Wucht gegen die Höhlenwand. Gleichzeitig hört man lautes Rauschen und Dröhnen wie bei einem Meerbeben. Kleine und größere Felsbrocken wirbeln vor dem Höhleneingang vorbei.

MEIN MEERHERZ! Das IST ein Meerbeben! Mam! Pap! Hilfe!

Ich habe bisher noch kein Meerbeben erlebt. Dort, wo ich aufgewachsen bin – viel weiter im Norden in den weitesten Weiten der Weite – gibt es so gut wie

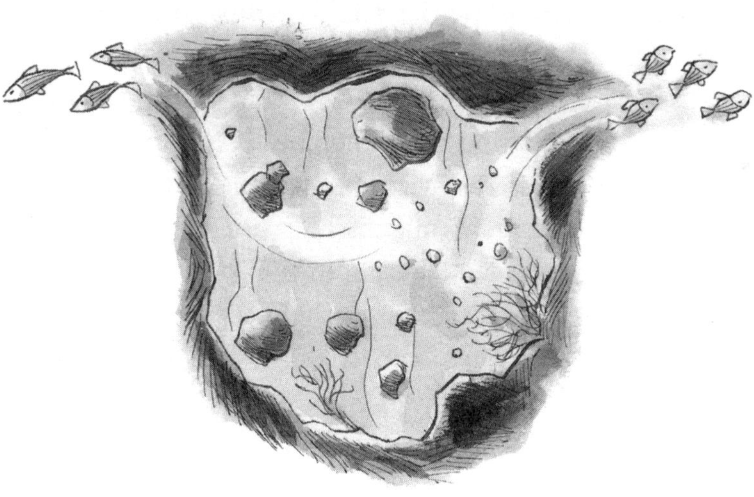

keine Beben. Gehört habe ich natürlich schon von solchen schrecklichen Ereignissen und auch Berichte darüber gesehen. Im Muschelmonitor, und auch in meiner alten Schule hat unsere Lehrerin uns davon erzählt. Manchmal stürzen ganze Riffe zusammen und begraben Tausende von Meermenschen unter sich. Je nachdem, wie stark das Beben ist.

Polo, Jolvo, Sinnakus, Tay und ich lassen uns kalkweiß an der Wand zu Boden gleiten und bleiben dort mit schreckgeweiteten Augen sitzen. Wir wissen alle, dass wir jetzt nichts machen können. Wir können nur abwarten und hoffen.

Und glücklich sein, dass Finn uns vor dem Schlimmsten bewahrt hat! Denn hier drinnen ist es auf jeden Fall sicherer als draußen, wo das Wasser immer noch tobt und alles wüst durch die Gegend schleudert, was nicht felsenfest verankert ist.

Danke, Finn!, denke ich. Er muss mit seinen empfindlichen Sinnen im Voraus gespürt haben, was passieren würde. Oh, wie klug Delfine sind! Was wären die Meermenschen bloß ohne sie!

Ich schaue zu Tay. Meine Meerwelt, bin ich froh, dass ich jetzt nicht alleine hier hocke! „Hast du Angst?“, flüstere ich leise zu ihr hinüber.

Sie zieht eine ihrer unnachahmlich fischfetten Grimassen, die alles heißen könnten. Dann atmet sie laut aus. Es ist deutlich zu spüren, wie angespannt sie ist. Ist ja wohl auch verständlich. Wie sollte jemand in dieser Situation keine Angst haben!

„Wird schon alles gut gehen!“, murmelt sie zurück. So leise, dass die Jungen das auf keinen Fall hören können.

Jungen müssen nicht alles hören. Es gibt viele Dinge zwischen Wasseroberfläche und Meeresboden, die Jungen nichts angehen. Und dass Tay und ich uns hier gerade vor Schiss fast in die Miniröcke machen, braucht die Rattenfisch-Gang nun wirklich nicht zu wissen. Außerdem gibt es eine Art von Freundschaft, die man nur mit seiner allerbesten Freundin haben kann.

„Der Anti-Schimmel-Club für immer!“, flüstere ich und drücke Tays Hand lächelnd zurück.

Echte Freunde sind ganz sicher mehr wert als tausend Perlen. Und eine Freundin zu haben, auf die man sich verlassen kann und die bei einem ist, wenn man sie braucht, ist das sandigste Gefühl der Welt!

Besonders, wenn diese Welt gerade wackelt und bebt …

Jungs sind auch nicht immer Helden

Die Rattenfisch-Gang sieht nicht sehr viel fröhlicher aus als Tay und ich. Wir sitzen alle zusammen mit unseren Rücken dicht an die Höhlenwand gedrückt.

„Wie lange dauern Meerbeben denn so im Schnitt?“, fragt Sinnakus betont leichthin, als hätte er gefragt, wie viele Fischbrötchen es heute für jeden zum Frühstück gibt.

Polo zuckt mit den Achseln. Ebenfalls betont locker. „Ist total verschieden“, kommt seine nichtssagende Antwort.

Kein Zweifel, die Jungen versuchen, auf meerwassercool zu machen. Anscheinend wollen sie auch nicht alles vor Mädchen zeigen. Tay und ich werfen uns einen vielsagenden Blick zu. Wir haben beide ein leichtes Lächeln auf den Lippen. Komisch, dass man sich gleich ein bisschen besser fühlt, sobald man sieht, dass die Schwanzflossen der anderen noch mehr zittern als die eigenen! Besonders, wenn diese anderen Schwanzflossen die von Jungs sind!

Finn bewacht nach wie vor den Höhleneingang. Als wolle er verhindern, dass einer von uns barschblöd genug ist, zu früh rauszuschwimmen.

Jolvo beäugt Finn mit einer Mischung aus Erleichterung und Missfallen. Jolvo spielt zwar, genauso wie Polo, begeistert Delfinpolo, aber nur im Redriff-Team und nicht etwa für eine große Meerauswahl. Und ich bin mir nicht sicher, wie viel er tatsächlich von Delfinen versteht. Vielleicht geht es ihm beim Delfinpolo mehr darum, den Schläger wild herumzuschwingen, wie so vielen anderen Jungs, anstatt hohe Delfinreitkunst zu zeigen.

„Wie lange sollen wir denn noch untätig herumsitzen?", fragt er nach endlos scheinender Zeit ärgerlich mit einem leicht vorwurfsvollen Blick auf unseren Delfin.

Wir horchen alle, was sich draußen tut. Schon lange haben wir keinen Steinbrocken mehr durchs Wasser fliegen sehen und das bedrohliche Dröhnen ist auch leiser und leiser geworden. Ab und zu hört man noch ein leichtes Gurgeln. Als würde sich irgendwo weit entfernt ein Riesenrochen seine Kiemen mit Mundwasser spülen.

Tay macht ein paar Schwimmbewegungen nach oben zu Finn hin. „Na, mein Sandstern?“ Sie streicht ihm lobend über die Seite. „Was meinst du? Können wir es wagen, jetzt zurück nach Korallenkrone zu schwimmen?“

Finn mustert sie und scheint zu überlegen. Als wisse er genau, was Tay gefragt hat. Er stupst sie leicht mit seiner Schnauze in den Bauch, dann dreht er sich um und schwimmt hinaus.

„Er will, dass wir hier auf ihn warten“, übersetzt Tay.

Pah, das habe ich auch verstanden! Das hätte doch wohl jeder verstanden, der sich nur für fünf Heringe mit Delfinen auskennt!

Polo und die anderen Jungen nicken brav.

Es dauert nicht lange, bis Finn zurückkommt. Sein Schnattern klingt jetzt fröhlich und entspannt. Das verstehen sogar die Jungen.

„Sieht so aus, als wäre die Gefahr vorbei!“, ruft Polo ziemlich erleichtert.

„Dann nichts wie weg hier!“ Sinnakus scheint Abenteuer eher in kleinen Portionen zu bevorzugen.

Im Schutz von Finn schwimmen wir los.

Draußen gucke ich mich um und erschrecke, wie das Beben den Meeresgrund verändert hat. Gütiges

Meerwasser! Felsformationen, die vorher rund und harmonisch aussahen, haben jetzt große Lücken. Überall sind Steine durch die Kraft des Wassers herausgebrochen worden und liegen irgendwo auf dem Meeresboden verteilt. Oder aber sie fehlen ganz einfach, weil sie Seemeilen weiter geschleudert wurden.

Aus dem Boden gerissene Pflanzen treiben samt Wurzeln ankerlos umher. Und das gesamte Wasser sieht trübe und diesig aus von all dem aufgeschleuderten Sand des Meeresgrunds. Man kann kaum drei Flossenlängen weit gucken. Was für ein Glück, dass wir Finn haben, der uns führt!

Die anderen schauen sich auch besorgt um.

„Knotiger Haiknochen!“, entfährt es Polo. „Ich hoffe, Korallenkrone und Redriff stehen noch!“

Der gute Sinnakus, der deutlich ein paar Kilo mehr als wir anderen über seiner Schwimmflosse mit sich herumschleppt, ist sowieso nicht gerade der Sportlichste. Doch bei dieser Überlegung keucht er noch lauter. Wie eine Seekuh beim Meeresmarathon. Entsetzt starrt er Polo an. „Du meinst …? Du meinst doch nicht im Ernst …?“

„Beruhige dich, Meermatschbacke!“, sagt Jolvo leichthin und grinst. „Wenn die Internate nicht mehr stehen, campen wir einfach.“

„Campen?“, wiederholt Sinnakus immer entsetzter. „In Zelten schlafen? Aber auf dem Meeresboden wimmelt es doch nur so von Krabben und Krebsen und all so ’nem Zeug!“

Tay und ich müssen leise kichern. Rülpsender Rattenfisch! Jungs sind auch nicht immer große Helden!

Ich mache mir allerdings ebenfalls Sorgen um unser Internat. Ob die anderen Meermädchen das Beben heil überstanden haben? Ob es Blue, Nemone und Maris Meerstern gut geht?

Noch immer treiben die absonderlichsten Dinge im trüben Wasser herum. Eine herrenlose Wellenjacke, die jemand verloren haben muss. Eine leere Brotdose, die wohl einem Meerkind aus der Hand gerissen wurde. Große Planken eines Holzbootes, wie Landmenschen es benutzen, das vermutlich auf der Meeresoberfläche vom Beben überrascht wurde und gekentert ist. Und dort hinten ragt sogar ein Arm aus dem undurchsichtigen Wasser.

Mooooment mal! EIN ARM?

Heilige Meermakrele!

Aufgeregt mache ich die anderen darauf aufmerksam. Eilig kraulen wir zu dem leblos im Wasser hängenden Arm hin.

Und – was für ein Glück! – als wir näher kommen, erkennen wir, dass der Arm nicht alleine vor sich hin treibt, sondern dass noch ein ganzer Körper eines Meermannes fest daran hängt. Auch wenn der Körper genauso regungslos ist wie der Arm. Leblos und blass hängt die muskulöse Schwanzflosse nach unten.

„Er ist bewusstlos", stellt Jolvo messerscharf fest.

„Was du nicht sagst!", antwortet Tay, ohne eine Miene zu verziehen. „Und ich dachte, er macht nach dem Beben nur gemütlich ein kleines Nickerchen."

Jolvo sieht aus, als hätte ihm Tay eine Ohrfeige verpasst. Ich wette, es gibt einen Haufen Meermädchen in Korallenkrone, die viel dafür geben würden, wenn Jolvo sie überhaupt mal beachten würde! Nicht davon zu reden, was sie alles dafür tun würden, dass Jolvo sie einmal so ansehen würde, wie er Tay gerade anschaut. Denn trotz der mündlichen Ohrfeige liegt Bewunderung in seinem Blick. Doch Tay scheint das nicht zu bemerken. Oder aber nicht zu interessieren (ich tippe auf Letzteres). Sie untersucht mit Polo zusammen besorgt den Meermann.

„Er blutet am Kopf", sagt Polo und dreht den Meermann so, dass wir alle die böse aufklaffende Wunde am Hinterkopf sehen. Beim Beben muss ihn ein herumschleudernder Felsbrocken getroffen haben.

„Wenn er weiter so blutet, lockt er noch Haie an!" Sinnakus klingt alarmiert.

„Und wenn du noch mehr solch überflüssiger Bemerkungen machst, wirst du gleich genauso ohnmächtig wie der hier sein!", gibt Tay gnadenlos zurück und reckt ihre kräftige Faust in Sinnis Richtung.

Als wenn man einen verwundeten Meermenschen einfach im Wasser treiben lassen könnte, bloß um zu vermeiden, dass Raubfische vom Blut angezogen werden und man dadurch möglicherweise selbst in Gefahr gerät! Auch wenn Sinni das natürlich nicht so gemeint hat. Er hat nur ganz einfach Angst bekommen, denke ich.

Tay dreht sich zu uns anderen um. „Wir müssen ihn mit nach Korallenkrone nehmen. Dort haben wir wenigstens eine Krankenstation."

Ich nicke. Und denke, HOFFENTLICH. Hoffentlich stehen die Internate noch …

ankunft in korallenkrone

Zum Glück ist es nicht mehr weit bis zum Riff. Und als wir mit dem leblosen Meermann im Schlepptau endlich durch die ersten Tunnel und Tore der Korallengebirge schwimmen, atme ich erleichtert aus.

„Sieht alles einigermaßen heil aus“, stellt auch Tay sehr beruhigt fest.

Das stimmt. Nur wenige der Korallentürme weisen Löcher oder Bruchstellen auf. Die riesigen Blumengärten sind zwar ziemlich verwüstet, wie nach einem mittelschweren Meersturm, aber es treibt zumindest nichts abgerissen im Wasser herum. Alles ist still und leer. Selbst die bunt schillernden Fische in allen Größen und Schattierungen, die sonst zu Hunderten hier unten herumhuschen, scheinen sich in sichere Höhlen verzogen zu haben.

Wo sind all die Schülerinnen und Schüler?

Korallenkrone erreichen wir zuerst. Tay und ich winken zum Abschied. Polo, Jolvo und Sinnakus wollen so schnell wie möglich nach Redriff hinüber, um zu sehen, wie die Lage dort ist.

Der verletzte Meermann ist immer noch ohnmächtig. Tay und ich ziehen ihn durch die offen stehende Eingangstür und einen der langen Gänge entlang. Auf den ersten Blick wirkt alles wie ausgestorben, doch dann begegnet uns endlich eine der Lehrerinnen.

„Oh, mein Muschelherz! Tayfun Cork und Alani Andros! Warum seid ihr nicht in der Aula? Und wo um alles in der Meerwelt habt ihr diesen armen Kerl gefunden?“

Zu meiner Erleichterung wartet sie nicht unsere Antwort ab! Wir hatten uns nämlich noch gar keine gute Antwort ausgedacht.

„Schnell mit ihm in die Krankenstation! Meerschwester Zinzia hat schon ein paar andere Patienten, aber der hier scheint dringend Hilfe zu benötigen! Schnell, schnell!“ Und sie macht ein paar scheuchende Handbewegungen.

Tay und ich schwimmen eilig weiter.

„Hey, Tay“, flüstere ich, als wir weitere lange Gänge entlangkraulen, „ich glaube, es ist am besten, wenn ich nichts davon erzähle, was letzte Nacht passiert ist, was meinst du?“

Tay guckt mich an, als hätte ich Seegurkeneintopf im Hirn. „Bist du verrückt? Du musst doch Miss Manatis Meldung machen! Die muss die Meerpolizei anrufen und dann muss dieser miese Feuerschwanz von Joruna Nort verhaftet werden! Aber sofort!"

Ich seufze. „Hm. Ja." Ich überlege einen kleinen Moment. „Auf der anderen Seite …" – ich sehe Tay hilflos, aber auch ein bisschen traurig an – „… würde ich sehr gerne erst mal selber rausfinden, was … was …" Ich suche nach Worten. „Verstehst du nicht, Tay? Wenn Miss Manatis jetzt die Meerpolizei einschaltet, dann werde ich bestimmt von hier weggebracht. Denn anscheinend ist Korallenkrone ja nicht ganz ungefährlich für mich. Weißt du noch, was ich euch erzählt habe, was in dem Brief stand? Dass dieser Kerl, der mich auch entführen will, eine Kontaktperson in Korallenkrone hat. Dass er also jemanden hier kennt, der ihm womöglich hilft, mich zu rauben. Und ich muss doch unbedingt herausfinden, wer das ist. Und außerdem werde ich das Gefühl nicht los, dass dieser merkwürdige Vormund von mir, dieser Mister Unbekannt, nicht ganz unbeteiligt an der Sache ist. Und wenn ich von hier weggebracht werde, dann … kann ich auf jeden Fall nichts mehr selber tun."

Ich schaue Tay ein wenig hilflos an. Dann seufze ich ein zweites Mal. „Auch wenn es inzwischen nicht nur *einen* Mister Unbekannt gibt. Die scheinen ja mit jedem Tag mehr zu werden!“ Ich beginne, alle mir unbekannten Personen aufzuzählen. „Mein Vormund. Dann dieser Typ, der den Brief geschrieben hat und der droht, mich zu entführen. Außerdem die in dem Brief erwähnte Kontaktperson in Korallenkrone … Meine Meerwelt – drei geheimnisvolle Unbekannte!“

Tay ringt sich ein Grinsen ab. Dann nickt sie. „Ja, ja, schon klar. Ich würde auch gerne wissen, *wer* und vor allem *was für ein Grund* dahintersteckt und wieso dir all diese Sachen plötzlich passieren. Aber du kannst doch deswegen nicht riskieren, noch mal entführt zu werden! Das nächste Mal hast du vielleicht nicht so viel Glück, wieder zu entkommen!“

Das lässt mich noch tiefer seufzen. Denn irgendwie hat Tay recht. „Aber wenn wir die Meerpolizei einschalten und ich von hier wegmuss, wo werde ich dann wohl hingebracht? Bestimmt nicht wieder zurück zu Mam und Pap. Sondern zu diesem merkwürdigen Vormund von mir. Den werden sie anmuschelieren und der schickt dann Joruna Nort und – danke! – damit hätte ich ja dann den gleichen Haifischsalat wieder! Und was, wenn mein Vormund wirklich unter einer Schilfdecke mit seinem Anwalt Nort steckt, was die Entführung letzte Nacht angeht. Und dann? Dann wäre ich natürlich garantiert in noch einer schlimmeren Lage als jetzt hier in Korallenkrone!"

Tay seufzt nun auch. Sie lässt den Verwundeten einen Moment los und packt mich am Arm. „Lani, du alte Matschkröte, ich weiß nur eins: dass ich nicht möchte, dass du in noch schlimmere Gefahr gerätst!"

Ich zwinge mich ebenfalls zu einem Lächeln. „Gefahr? Hey, Tay!" Ich buffe sie kumpelhaft in die Seite, wobei der verletzte Meermann sanft zu Boden rutscht. „Wir beide! Du weißt schon! Lani und Tay, die unschlagbaren zwei! Nicht nur gegen die schimmeligen Glitzerkatzen hier! Sondern auch gegen den Rest der Welt!"

„Zumindest gegen den Teil der Welt, der fies und böse ist!" Tay sieht endlich nicht mehr so besorgt, sondern ein wenig zuversichtlicher aus. Sie taucht runter zum Boden des Ganges und hebt den Meermann wieder auf. „Also gut, du Sturfisch! Wir sagen keinem, was passiert ist, sondern versuchen, selbst herauszufinden, was hier läuft."

Dann klatschen wir uns ab. „Jaaa! Lani und Tay, die unschlagbaren zwei!"

Als wir die Meerkrankenstation erreichen, fühle ich mich um hundert Wellenschläge besser. Ich bin mir supersandsturmsicher, dass es klüger ist, hierzubleiben, wo ich Freunde habe, als vielleicht abschwimmen zu müssen zu einem Vormund, der mir womöglich gar nicht wohlgesonnen und vielleicht ein genauso übler Schurke wie Joruna Nort ist.

Auf der Krankenstation angekommen, flüstere ich schnell noch Tay zu: „Als Erstes müssen wir rausfinden, wer mit dem Kerl aus dem Drohbrief hier in Kontakt ist!“ Und bevor ich die Tür öffne, füge ich hinzu: „Damit ich mich wieder sicher fühlen kann.“

„Auf jeden Fall keine Schülerin“, vermutet Tay, während wir eintreten.

„Nein, natürlich nicht.“ Ich schüttele zustimmend den Kopf. „Bleiben also die Lehrerinnen und Miss Manatis.“

Ich kräusele die Stirn. Denn beide Möglichkeiten erscheinen mir ziemlich unwahrscheinlich. Miss Manatis ist mit Abstand die netteste Direktorin, die eine Meerschule nur haben könnte. Und unsere Lehrerinnen …? Die meisten arbeiten seit Jahren hier.

Na gut, Signora Nevea zum Beispiel ist nicht immer die freundlichste aller Meerfrauen. Aber würde sie deshalb gleich eine Internatsschülerin an einen Entführer verraten?

Und – klar – die alte Madame Medusa, die gefürchtetste aller Lehrerinnen – von den Internatsschülerinnen auch ängstlich *die große Medusa* genannt –, von der könnte man sich das schon eher vorstellen. Fiese Strafen verhängen kann sie jedenfalls wie keine andere. Jedenfalls, wenn man all den Geschichten glaubt, die von ihr erzählt werden.

Oder Miss Petula, die energische Lehrerin für Wasserkunde und Seepferdreiten? Oder womöglich sogar Miss Lophelia, unsere Meerhausmutter, die für unsere Bernstein-Schlafgrotte zuständig ist? Nein, stopp! Brummender Buckelwal! Wo soll das hinführen, wenn ich plötzlich anfange, alles und jeden zu verdächtigen? Da wird man ja forellenfischverrückt!

Zum Glück kommt uns in diesem Moment Schwester Zinzia entgegengeschwommen. „Meermädchen! Was habt ihr denn da? Etwa noch einen Verletzten?“ Sie beugt sich über den immer noch Leblosen. Und schreit bei seinem Anblick auf, als hätte sie gerade ein Riesenkrebs mitten in die Nase gezwickt: „BEIM GROSSEN NEPTUN – NEIIIN!“

Tay und ich gucken uns verdutzt an. Also – Erwachsene reagieren ja oft etwas überzogen. Aber dass eine Meerkrankenschwester beim Anblick einer kleinen Platzwunde am Kopf gleich so gut wie in Ohnmacht fällt, das ist doch wirklich reichlich übertrieben! Tay scheint ohne Zweifel das Gleiche zu denken. Sie zieht eine ihrer wunderbar meermatschigen Grimassen hinter Meerschwester Zinzias Rücken. Ich muss mich ernsthaft zusammenreißen, um nicht laut loszugluckern. Allerdings … vielleicht ist so eine tiefe Ohnmacht ja gefährlicher, als wir dachten?

Schwester Zinzia ist tief über den Meermann gebeugt und fummelt hektisch wie ein Putzerfisch an ihm herum. Sieht sie etwa etwas, was wir nicht gesehen haben? Ist der Ärmste kurz vor dem Ertrinken? Zu ertrinken ist ohne Frage der schlimmste Tod, der einem Meermenschen passieren kann.

Normalerweise sind wir Meermenschen wunderbar in der Lage, genug Sauerstoff aus dem Wasser herauszufiltern, um atmen zu können, wie sonst nur die Fische im Wasser. Aber es gibt bestimmte Situationen, in denen diese Fähigkeit aussetzt. Und dann sind auch wir Meermenschen – ähnlich wie die Landmenschen – vom Tod durch Ertrinken bedroht.

Oje, nun habe ich beinahe ein schlechtes Gewissen, dass wir den Verletzten nicht schneller hergebracht haben!

Doch Schwester Zinzia scheint sich zum Glück wieder im Griff zu haben. Auch wenn sie immer noch so geschockt im Gesicht aussieht, als hätte man ihr gerade eröffnet, dass sie von nun an in einem Landmenschenhospital pickelige *Füße* pflegen muss.

Ich lasse meine Schwanzflosse ein wenig unentschlossen im Wasser kreisen. Können wir endlich abschwimmen?

Meerschwester Zinzia bemerkt meine Ungeduld. „Ihr …" Sie holt tief Luft, als müsse sie sich wirklich erst von einem sehr heftigen Schreck erholen. „Ihr könnt jetzt zu den anderen in die Aula, Meermädchen!" Man sieht deutlich, wie schwer es ihr fällt, uns entspannt anzulächeln. „Wirklich! Macht euch keine Sorgen! Es wird ihm sehr bald besser gehen. Er hat nur eine leichte Gehirnerschütterung."

Wir schwimmen wieder die langen Korallengängen entlang, zurück zum Schulgebäude.

„Echt, Lani!", sagt Tay, „wenn es nur eine leichte Gehirnerschütterung ist, warum hat sie dann ein Gesicht gemacht, als hätten wir ihr eine lebende Seeschlange in Einzelteilen geliefert?"

Ich grinse. Doch dann überlege ich. „Na ja, ich fand, ängstlich hat sie eigentlich nicht ausgesehen."

„Aber total entsetzt!", meint Tay.

Ich stimme ihr zu. „Geradezu panisch. Ich dachte, der arme Kerl stirbt in den nächsten drei Atemzügen!"

Tay nickt. „Also von einer professionellen Meerkrankenschwester würde man schon ein bisschen mehr *Ruhe und Besonnenheit* erwarten!"

Ich kichere. So wie Tay die Worte *Ruhe* und *Besonnenheit* betont, klingt sie genau wie Miss Manatis, wenn sie uns einen ihrer berühmten Vorträge über die gewünschten Eigenschaften von Meermädchen hält. Eigenschaften, die Tay und ich leider nicht wirklich im Angebot haben. Aber dafür ist Tay unschlagbar im Nachäffen von Leuten! Wie jetzt von Miss Manatis.

„Schscht, Tay! Wenn dich jemand hört!"

„Mir doch egal", sagt Tay und kichert ebenfalls.

Nur wenige Wellenschläge später öffnen wir die Tür zur Aula – „… ist es deshalb gerade während eines Meerbebens meerwasserwichtig, IMMER *Ruhe und Besonnenheit* zu bewahren!", beendet vorne auf dem Podium gerade Miss Manatis einen Satz, und die meisten Internatsmeermädchen nicken brav und andächtig.

„Auch *das* ist Anmut, meine Meermädchen!“, mahnt Miss Manatis. „Anmut sollte immer und überall präsent sein. In jeder, ich betone, JEDER Situation!“ Miss Manatis sieht ernst aus.

Ich mag sie. Trotzdem müssen Tay und ich noch mehr kichern. Und schieben uns schnell in die hinteren Reihen, um nicht aufzufallen.

Ruhe! Besonnenheit! Und *Anmut!* Das schimmeligste Wort, das ich je gehört habe! Was um alles in der Meerwelt soll das wohl bedeuten? Klar ist allerdings, dass ich vermutlich nicht allzu viel davon habe. Doch das stört mich nicht die Meerbohne!

blue, nemone und maris

In all der Aufregung nach dem Meerbeben hatten unsere Meerhausmütter anscheinend anderes zu tun, als abzuzählen, wer fehlt und wer noch da ist. Glück für uns!

Das Abzählen findet jetzt statt. Nach der Zusammenkunft in der Aula. Und vor dem verspäteten Frühstück. (Noch mehr Glück, dass wir auch das Frühstück nicht verpasst haben!) Es fehlt keine von uns. Nicht mal Tayfun Cork oder Alani Andros, hahaha!

Vom anderen Ende des Tisches sehe ich Blue und Nemone heftig zu uns hinüberwinken. Klar, dass sie wissen wollen, wo wir waren und was passiert ist.

Sogar Maris lächelt Tay und mich froh und erleichtert an. Ich glaube, die haben sich wirklich Sorgen gemacht. Eine warme Welle schießt kurz durch meinen Bauch. Es ist ein schönes Gefühl, wenn sich jemand um einen sorgt. Das hätte ich von diesen Glitzerschimmelmädchen am Anfang wirklich nie gedacht. Na, die werden staunen, was Tay und ich nach dem Essen zu berichten haben!

Mit unserer Bernstein-Schlafgrotte haben wir es echt gut getroffen! Blue und Nemone – so unterschiedlich sie auch sind – finde ich jede auf ihre Art supersandig nett. Und sogar Maris Matschfisch Meerstern ist bei näherer Betrachtung durchaus auszuhalten.

Also – jedenfalls in wohldosierten Portionen!

Jedenfalls solange ich mir nicht jeden Tag anhören muss, was für ein tolles Schuppenglanzspray sie jetzt wieder – aus weiß der Haifisch wo in der Meerwelt – mitgebracht hat. Oder solange sie mir nicht dauernd erzählt, wie einfach es wäre, meine Haare in leichte Wasserwellen zu toupieren und mit bunten Glitzerseesternchen zu bestücken.

Ich weiß, dass eine Maris Meerstern das nie kapieren wird, aber ich WILL keine seegrottengruseligen Glitzerseesternchen in meinen Haaren haben! Genauso wenig wie klebriges Spray auf meinen Schuppen oder rosa schimmerndes Fischrogengel auf meinen Lippen! Besten Dank!

Als Tay und ich uns im Strom der Mädchen zur Essensgrotte treiben lassen, fällt mir plötzlich die Strafarbeit ein, die uns Miss Manatis aufgedrückt hat, weil wir jeden Film von der schrecklichen Synchronpaddelei zerstört haben. (Trotzdem bin ich immer noch heilfroh, dass dieses peinliche Zeugnis unserer Unfähigkeit für die Nachwelt nun vernichtet ist und bereue unser Vergehen nicht wirklich!)

Ich zupfe Tay unauffällig an ihrem Shirt. „Hey, sag mal, sollten wir nicht jetzt in der Küche stehen und dabei helfen, das Frühstück vorzubereiten?“

Tay gibt ein schimmeliges Grunzen von sich. „Hm, schätze, heute sind wir dank des Bebens noch mal drum herumgekommen. Aber morgen sind wir bestimmt dran!“

Wir grinsen beide mit fischfetten Grimassen im Gesicht. Na ja, zusammen macht es zumindest mehr Spaß, als wenn es eine von uns allein getroffen hätte.

Doch dann sehe ich, wie Tays Grimasse plötzlich in sich zusammenfällt. Als ob sie sich außer an unsere Küchenarbeit noch an etwas anderes erinnern würde. Und – oh, stinkige Fischkröte – da fällt es auch mir wieder ein. Tay hat ja noch eine zweite Strafe von Miss Manatis bekommen!

Weil es in Korallenkrone kein Mädchendelfinpolotraining gibt, hatte Miss Manatis – nett wie sie eigentlich ist – Tay erlaubt, in Redriff bei den Jungen mitzutrainieren. Und der Delfinpolotrainer dort, Mr Monkfish, hatte ebenfalls nichts dagegen. Nach unserer Aktion in der Synchronschwimmstunde aber, hat Miss Manatis ihre Erlaubnis dazu sofort wieder zurückgezogen.

Ach, bestimmt hat Miss Manatis nicht geahnt, WIE HART diese Strafe für Tay ist! Tay würde ganz sicher lieber den Rest ihres Lebens Küchendienst schieben, als auch nur einmal auf ihr geliebtes Delfinpolo zu verzichten! Und wie soll sie außerdem gut genug für die West-Atlantik-Auswahl bleiben, wenn sie keine Möglichkeit hat zu trainieren?

Tay sieht mich schmerzvoll an. Die sonst so unbesorgt freche Überlegenheit in ihrem Blick ist verschwunden.

„Tay …" Ich lege eine Hand auf ihre Schulter. Wir lassen uns an die Seite des Ganges treiben und die Meermädchen an uns vorbeiziehen. Das lustige Schnattern der Glitzerkätzchen lässt mich Tays Schmerz noch stärker fühlen. „Tay, uns wird schon etwas einfallen!" Und genau in dem Moment, als ich das ausspreche, fällt mir tatsächlich etwas ein! „Tay!" Ich rüttele sie sanft an der Schulter, damit sie mich ansieht. „Hey, weißt du noch, was Polo gesagt hat?“

Tays Blick bleibt düster. „Nee. Was denn?“

Ich versuche, sehr optimistisch zu klingen. „Na, dass ihm etwas eingefallen ist, hat er gesagt. Wie du noch zu deinem Delfinpolotraining kommen kannst! Erinnerst du dich nicht?“

„Doch.“ Tay nickt. „Dunkel. Bloß, was ihm eingefallen ist, hat er nicht gesagt, oder?“

„Äh, nee.“

Diese ziemlich inhaltslose Antwort von mir ringt Tay immerhin ein müdes Grinsen ab.

„Na toll“, meint sie, „das klingt ja überwältigend aufmunternd!“ (Kann Tay eigentlich auch was anderes als spotten?)

Doch bevor ich noch etwas dagegensetzen kann, nämlich zum Beispiel, dass Polo immerhin ziemlich oft gute Ideen hat, sehen wir, wie sich drei Meermädchen gegen den Strom der anderen Schülerinnen zu uns hinarbeiten. Blue, Nemone und Maris! Und schon umarmen sie uns, als wären wir seit Meerjahren unzertrennlich.

„Tay! Alani! Was um alles in der Meerwelt ist passiert? Warum kommt ihr erst jetzt zurück?“

Auch Tay scheint gerührt über den herzlichen Empfang zu sein und sieht um einige Wellenlängen freundlicher aus. Doch bevor sie noch losblubbern kann, schiebt uns Nemone Richtung Essensgrotte. „Los, kommt! Erzählt, wenn wir am Tisch sitzen. Sonst lassen uns die anderen nichts mehr übrig!“ Und diese Möglichkeit scheint auch Tay zu erschrecken.

Mit voll beladenen Tellern setzen wir uns wenig später um einen kleinen Tisch herum auf die Muschelhocker. Mhmm, der Austernjoghurt schmeckt noch besser, als ich ihn in Erinnerung hatte!

Während wir schlürfen und schlucken, als wären wir kurz vorm Verhungern gewesen (was wir auch waren!), geben wir den anderen eine Kurzfassung der unglaublichen Geschehnisse. Nemones, Blues und Maris’ Augen werden nach jedem Satz größer.

„Er hat dich in seinem Büro eingeschlossen?“

„Und er hat so getan, als tue er das alles nur *zu deinem Besten*?“

„Du warst in *Aquamarina*?“ Die letzte Frage kommt von Maris. „Ach, was für eine wundervolle Stadt! Dort gibt es die sandigsten Meerboutiquen, die man sich nur vorstellen kann! Guckt mal, diese Kette hier!“, sie fummelt an einer ihrer tausend Klinkerkettchen herum, „die habe ich vor ein paar Monaten in Aquamarina …“

„Glibschiges Grünauge, MARIS!“ Blue funkelt

sie böse an. „Wir reden über eine ENTFÜHRUNG! Nicht über dusselige Meershopping-Touren!"

Tay kichert. „Ehrlich, Maris! Du bist so unglaublich, dass es fast schon komisch ist!"

Maris sieht etwas beleidigt aus. „Ich wollte doch gar nicht ... Ich ..." Nun wird ihr wohl selber klar, wie unpassend ihre Bemerkung war. „Ist ja auch egal."

„Genau! Total egal. Wie fast alles, was du sagst. Also halt die Klappe!" Blue ist zwar nicht ganz so spöttisch wie Tay, steht ihr in Sachen Bissigkeit aber in nichts nach.

„Tut mir leid, Alani", murmelt Maris leise. „Natürlich hattest du letzte Nacht ganz andere Sorgen."

Die anderen verdrehen bei dieser Entschuldigung nur die Augen, doch ich ringe mir ein Lächeln ab. „Schon gut." Immerhin ist mir klar, dass Maris das nicht böse gemeint hat. Sie ist nur eben so ... na ja, so wie sie eben ist. Fischstinkig glitzerig wie die meisten hier. Aber trotzdem sieht auch sie ehrlich besorgt um mich aus.

„Los, erzählt weiter!", fordert uns Nemone auf.

Und das tun wir. Wir erzählen sogar von Finn. Obwohl wir das eigentlich gar nicht vorgehabt hatten. Aber Tay scheint zu denken, was auch ich denke. Diese Sache, in die ich da anscheinend voll reingeschwommen bin, ist zu gefährlich, als dass Tay und ich damit allein klarkommen könnten. Wir brauchen jede Unterstützung, die wir finden können. Und deshalb erzählen wir auch alles ganz genau.

Als wir zu dem Drohbrief kommen, den ich auf Joruna Norts Schreibtisch gefunden habe, quietscht Maris panisch auf. „WAAAS? Es gibt eine Lehrerin hier in Korallenkrone, die einem Entführer hilft, eine von uns zu entführen?“ Ihre mit dunklem Sandstaub umrandeten Augen weiten sich vor Schreck. „Das würde ja heißen …, das würde ja bedeuten, dass es sein könnte, dass auch ICH entführt werde?“

„Nein, du Quallenkeks!“ Blue rollt abfällig mit den Augen. „Nicht du, sondern Alani ist in Gefahr! Es ist vielleicht zu viel für dein begrenztes Fischhirn, aber es geht nicht immer nur um dich!“

Maris presst beleidigt ihre Lippen zusammen und fummelt an ihren kunstvoll geflochtenen Haaren herum. „Na schön, letzte Nacht ging es um Alani. Aber woher wollt ihr wissen, dass dieser fiese Kerl es nicht auch auf mich abgesehen hat? Schließlich besitzen meine Eltern mehr Perlen als eure Familien alle zusammen!“

„Weil kein Entführer der Welt Lust hätte, auch

nur eine Stunde mit dir und deinem Fischstäbchenhirn zu verbringen!", kommt Blues bissige Antwort wie aus der Harpune geschossen.

„Na ja", meint Nemone vermittelnd, „vielleicht eher, weil es sogar bei Entführungen nicht immer nur um Perlen geht. Vielleicht geht es in Alanis Fall um etwas ganz anderes?"

Mit Sicherheit!, denke ich. Denn Perlen sind bei mir oder auch bei Mam und Pap nur wenige zu holen.

„Aber um WAS?", rutscht es mir raus. Und bereue im gleichen Moment, so offen verzweifelt zu klingen. Ich räuspere mich und versuche, die Beherrschung wiederzugewinnen. Leider nagt der fehlende Schlaf allmählich an mir und da wird man empfindlicher.

Nemone streicht mitfühlend mit ihrer Hand über meinen Arm.

Und auch Maris sieht betroffen aus. „Alani! Was auch immer passiert, wir werden nicht zulassen, dass du noch einmal geraubt wirst!"

Das aus Maris Matschfisch Meersterns Mund zu hören, verblüfft mich wirklich. „Danke, Maris!"

Maris lächelt froh in die Runde. Und auch ein wenig stolz, endlich mal das Richtige gesagt zu haben. Trotzdem rollt Blue, wie fast immer bei einer Bemerkung von Maris, mit den Augen. Doch auch

sie stimmt ihr zu. „Du kannst dich auf uns verlassen!“

„Hundertprozentig!“, gelobt auch Nemone ernst.

Und da ist sie wieder. Die warme, weiche Welle in meinem Bauch, die ich nie erwartet hätte in einem so fischstinkig feinen, schimmelig glitzerigem Internat wie Korallenkrone. Ich habe nach nur wenigen Tagen bereits vier Freundinnen. Freundinnen, die versprochen haben, mich nicht im Stich zu lassen!

„Wir werden von jetzt an alle die Augen offen halten“, sagt Blue. „Alles, was uns an irgendjemandem verdächtig vorkommt, werden wir abends in unserer Bernsteingrotte besprechen. Wäre doch gelacht, wenn wir nicht herausfinden würden, wer hier vorhat, einem Entführer Türen und Tore zu öffnen!“

Und Tay und Nemone und Maris nicken dazu. Grimmig und entschlossen. Und da habe ich auch Maris richtig gern.

auf zur nächsten Stunde!

Am Lehrerinnentisch, weiter hinten in unserer Essgrotte, erhebt sich jetzt die energische Miss Petula. Aufmerksamkeit suchend klatscht sie laut in die Hände: „Meermädchen! Ich hoffe, ihr habt euch alle von dem furchtbaren Schrecken erholt! Ich kann euch beruhigen. Wir haben die offizielle Nachricht bekommen, dass kein weiteres Beben zu erwarten ist. Wir können also endlich wieder zur schönen Tagesordnung zurückkehren."

„Och, ein bisschen Abwechslung in dieser *schööönen* Tagesordnung war auch mal nicht schlecht!", höre ich Blue vorlaut murmeln. Sie steht ganz offensichtlich auch nicht allzu sehr auf Bauchwackeln, Seepferdchenschaukeln oder andere langweilige Unterrichtsstunden.

Zum Glück ist Miss Petula weit genug weg. Doch ein paar der glitzerigen Meerkätzchen in der Nähe haben Blue ebenfalls gehört und kichern. Was Miss Petula mit einem verstimmten Stirnrunzeln quittiert. Sie kann ja nicht wissen, dass Blues Bemerkung nicht auf das Seebeben hinzielte, sondern nur auf die Schulstunden.

„Ich kann zwar nicht verstehen, was an einem Beben komisch sein soll", fährt Miss Petula einigermaßen verärgert fort, „aber ich hoffe, es ist euch klar, dass diese Sache auch ganz anders hätte ausgehen können!"

Aus meiner Brust kommt ein tiefes Seufzen. Was allerdings ebenfalls nichts mit dem Beben zu tun hat. Trotzdem hat sie mit dem letzten Satz wohl ganz grottengruselig recht. Ich mag mir gar nicht ausmalen, was wohl mit mir passiert wäre, wenn ich nicht hätte fliehen können.

„... und ihr könnt deshalb jetzt abschwimmen in eure normalen Unterrichtsstunden", beendet Miss Petula ihre kurze Rede.

Ich habe natürlich mal wieder keine Ahnung, was auf unserem Stundenplan steht. Bitte, bitte kein Hüftwackeln! Das ertrage ich heute nicht. Dafür bin ich einfach zu müde.

Maris wühlt in ihrem kleinen, mit tausend Glitzermuscheln besetzten Täschchen und schaut auf einen Schilfzettel.

„Moment, ich schau mal eben nach ... Oh, schade! Schuppen- und Schönheitspflege haben wir heute verpasst. Seepferdreiten auch." Sie seufzt. „Ach je, jetzt haben wir Delfinpflege. Das ist immer so anstrengend!“

„Delfinpflege?“ Tays Augen leuchten auf.

Und auch mein Herz macht einen erleichterten Satz. Wenn mich irgendetwas jetzt aufbauen kann, dann ist es die Nähe von Delfinen!

„Ich denke, es gibt keine Delfine in Korallenkrone!“, wundert sich Tay und auch ich kapiere gar nichts mehr. Wir sind ja erst seit Kurzem hier und haben noch nicht alle Unterrichtsfächer und Wochenpläne des Internats kennengelernt.

Aber Nemone hilft uns auf die Sprünge: „Nein, Delfine haben wir nicht. Deswegen findet die Delfinpflege auch drüben in Redriff statt.“

„Zusammen mit den Jungen“, ergänzt Maris. „Oh, ich muss noch mal ganz schnell hoch in unsere Schlafgrotte. Ich glaube, meine Frisur ist schon wieder halb verrutscht durch dieses blöde Meerbeben!“

Ich lache über Blues unvermeidliches Augenrollen.

„Marifs!“ Blue spricht ungeniert, den Mund voll mit lecker gerösteten, knusprigen Algen: „Delpfine schert es einen mapfigen Dreck, ob teine Haare fusselig oder dusselig sind oter ob tu ’ne Glatpfe hapfst!“

Maris versucht das, so gut es geht, zu überhören

und antwortet nur mit einem spitzen „Man redet nicht mit vollen Mund!“. Dann bringt sie schnell ihr Tablett mit dem Geschirr weg und krault eilig nach oben zu den Schlafräumen. „Ich treff euch drüben in Redriff!“

„Maris ist es zuzutrauen, dass sie gleich im Abendkleid erscheint“, blubbert Blue auf dem Weg aus der Essgrotte mit inzwischen leerem Mund abfällig vor sich hin. „Bloß um Eindruck bei den Jungs von Redriff zu machen. Als ob die sich für Maris interessieren würden!“

„Aber Delfine finden Abendkleider bestimmt lustig“, meint Tay und grinst. „Die spielen gern. Bestimmt auch mit langen, in den Wellen treibenden Röcken.“

Sogar Nemone kann sich bei der Vorstellung ein Lächeln nicht verkneifen. Obwohl mir auffällt, dass sie niemals giftige oder bissige Bemerkungen macht. Ist sie so superlangweilig oder einfach nur nett zu allen? Wie auch immer. Ich fühle mich gut zwischen meinen Freundinnen, als wir aus dem Internat rausschwimmen und durch Korallentunnel tauchen, über Anemonenwiesen kraulen und unter Felsbrücken hindurch endlich das berühmte Jungeninternat Redriff vor uns liegen sehen.

Das ist das erste Mal, dass ich Redriff durchschwimme. Es liegt genauso in ein Korallenriff gebaut wie Korallenkrone. Aber die Schule wirkt nicht so verspielt, sondern schlichter, gerader irgendwie. Wie eine Jungenschule eben. Automatisch halte ich sofort Ausschau nach der Rattenfisch-Gang. Doch ich kann von Polo, Jolvo oder Sinnakus nichts entdecken.

„Und die Jungen aus unserem Jahrgang machen alle bei unserem Unterricht mit?“, frage ich noch mal.

Nemone nickt. „Ja, und auch der Jahrgang über uns. Komm! Wir sind ein bisschen spät dran. Bestimmt sind die Redriffler schon alle hinten an den Delfinställen.“

Delfinställe! Oh, schon allein das Wort klingt

wunderschön in meinen Ohren! Und erinnert mich sofort an mein Zuhause in den weitesten Weiten der Weite und an Paps Delfinschule!

Flippige Delfinflosse! Ich kann es kaum erwarten. Das wird die erste Schulstunde hier sein, die ich in vollen Schwimmzügen genießen werde, da bin ich ganz sicher!

ein pirat im delfinstall

„Ich habe für die erste Delfinpflegestunde des Schuljahres alle Delfine in die Ställe geholt. So ist es leichter für euch, sie aufzuzäumen und mit ihnen hinauszuschwimmen."

Mr Tallyho, der Stallmeister und Delfinpflegelehrer von Redriff, treibt hoch oben unter der Decke des Stallganges und sieht auf uns runter. Nicht nur die Meermädchen von Korallenkrone, auch alle Meerjungen aus Redriff sind seegrasstill. Lediglich die Klackgeräusche der Delfine unterbrechen ab und zu die laute Stimme unseres Lehrers.

Ich kann nicht sagen, dass er besonders unfreundlich ist, trotzdem jagt mir schon sein bloßes Aussehen einen Schauer über die Schuppen. Er hat dicke Augenbrauen und seine wilden langen Haare sind hinten zu einem Seepferdeschwanz zusammengebunden, was ihn deutlich aus der Masse der anderen Lehrer heraushebt, die ja alle eher förmlich und langweilig korrekt gekleidet sind.

Eigentlich sieht Mr Tallyho aus wie ein Meerpirat. Oder jedenfalls, wie ich mir einen Meerpiraten vorstelle. Nicht, dass ich schon jemals einen zu Gesicht bekommen hätte! Seine dicken Augenbrauen verstärken noch den Ausdruck der bereits zusammengekniffenen Augen, wobei man ja überhaupt nur ein Auge zu sehen bekommt. Das andere steckt hinter einer korallenroten Augenklappe. Rot! Das kommt selbst in der Meerwelt nicht so oft vor.

Abgesehen von der Augenklappe, wirkt der Mann stark wie ein Seebulle und so, als ob er null Komma null Widerspruch dulden würde, und außerdem … irgendwie düster. Eine Kombination, die nicht unbedingt vertrauenerweckend ist. Oder empfinde das nur ich so?

Ich schiele zu Tay, Nemone und Blue rüber. Doch Tay kann natürlich wie immer gar nichts schrecken. Sie hört Mr Tallyho mit Spannung und einem faszinierten Lächeln im Gesicht zu. Auch Blue und Nemone zeigen keine Anzeichen von Einschüchterung. Doch die sind diese bedrohliche Meererscheinung auch schon länger gewohnt.

Puh, vielleicht bin ich ja tätsächlich nur ein kleines Weiteste-Weiten-der-Weite-Meermädchen, das vor allem, was ein bisschen ungewöhnlich ist, verblüfft den Mund aufsperrt! Aber so einen Kerl wie den hier habe ich in meinem ganzen Leben noch nie gesehen. Noch nicht einmal im Muschelmonitor. Zum Glück bin ich natürlich keine Angstkrabbe und fürchte mich auch vor Piraten nicht, aber …

Nemone bemerkt meinen aufgeklappten Fischmund. „Hey, der Typ ist ganz in Ordnung, glaub mir!" Sie lächelt mich an. „Ich weiß, er sieht etwas eigenwillig aus. Aber man sollte die Menschen nicht immer nach ihrem Aussehen beurteilen, oder?"

Ich will ihr gerade zustimmen – denn natürlich denke ich das auch. Theoretisch zumindest. Zumindest ist das meine Meinung, wenn ich nicht gerade selber vor so einem düsteren Kerl stehe. Doch in diesem Moment klappt die schwere Stalltür auf, Mr Tallyho verstummt, guckt finster und missbilligend zum Eingang, und herein schwimmt …

… Maris Matschfisch Meerstern!

Mit einem seepferdchenhaften Lächeln auf den Lippen und einem superkurzen gelb-golden schimmernden Hauch von einem Kleid, das kaum ihre obersten Bauchschuppen bedeckt. Saftiger Seestern!

Unweigerlich geht ein Raunen durch die Reihen der Redriff-Meerjungen. Und das selbstzufriedene Lächeln auf Maris' Gesicht verstärkt sich. (Blue lag also nicht so richtig mit ihrer Annahme, dass Maris keine Chancen bei den Jungs hat!)

„Entschuldigung, Mr Tallyho“, flötet Maris los, während sie mit bühnenreifen Schwimmbewegungen langsam und genüsslich an den Meerjungen vorbeikrault, um zu uns zu kommen, „ich musste noch etwas Dringendes erledigen.“ Sie klimpert gekonnt mir ihren Wimpern. „Sie wissen ja, das Meerbeben heute Morgen hat uns alle ein wenig aus der Bahn geworfen und ich …“

„… musste noch meine Haare frisch toupieren und mir ein extra fischstinkiges Kleid anziehen, als hätte ich sonst nix anderes zu tun …“, flüstert Blue mit ihrem unvermeidlichen Augenrollen so leise, dass nur Tay und ich es hören.

„… ich sah nicht mehr so angemessen aus, wie man für guten Unterricht aussehen sollte“, beendet Maris ihren Satz.

Mr Tallyho sieht aus, als wolle er sich gleich von hoch oben auf das goldgelben strahlende Meermädchen stürzen. Das Süßwassergeblubbere von Maris scheint wenig Wirkung auf ihn zu haben. Jedenfalls keine positive.

„Und du glaubst, so siehst du angemessen aus für das Auswischen von Delfinställen?“, blafft er lauter als eine Muräne vor dem Angriff.

Maris sieht für einen kleinen Moment dann doch etwas irritiert aus. Sie lässt die Arme sinken, legt ihren Kopf schief und treibt unschlüssig im Wasser herum.

Mr Tallyho holt tief und drohend Atem, beherrscht sich dann aber. „Also gut, junge Meerdame! Dann wirst du heute mit dem Saubermachen der Ställe beginnen. Und die anderen darf ich bitten, mir in die Sattelkammer zu folgen!"

Das erstaunte Raunen wird jetzt von ein paar glucksenden Kicheranfällen unterbrochen. Sofort dreht sich der Piratenlehrer mit finsterem Gesicht um. „Ich warne euch! Schadenfreude ist völlig fehl am Platz! In der nächsten Woche ist jemand anderes dran. Der Putzdienst geht reihum." Er sieht uns alle prüfend an. „Möchte sich vielleicht schon mal jemand freiwillig melden?"

Das Kichern und Raunen verstummt augenblicklich. Statt Delfine zu reiten nur eine Stunde lang Böden, Wände und Decken zu schrubben, klingt für keinen von uns besonders verlockend.

Maris guckt so entsetzt und verstört, dass sie mir richtig leidtut. Oje, nun hat sie sich extra so schick gemacht und dann das! Doch als ich zu ihr zurückschaue, sehe ich, wie zwei der Redriff-Jungen unauffällig an ihr vorbeischwimmen und etwas zu ihr sagen, was sie augenblicklich wieder sanft wie ein Seepferdchen lächeln lässt. Da lächele ich auch.

Vielleicht hat sich das flatterige Etwas von Kleid doch noch für sie gelohnt!

In der Sattelkammer erklärt Mr Tallyho lang und breit an einem nachgebauten Delfin aus geflochtenem Schilfgras, wie man richtig aufzäumt. Ich gähne unauffällig, weil ich so müde bin. Außerdem konnte ich jeden Delfin schon mit vier Jahren perfekt aufzäumen. Ich bin ja schließlich die Tochter eines Delfinschulbesitzers!

Na ja, zumindest die Pflegetochter … (Und immer noch schießt mir bei diesem Gedanken ein kleiner Schmerz durch den Bauch. Wie konnte Pap das nur so lange vor mir geheim halten?)

Die meisten anderen sehen ebenfalls so aus, als hätten sie das korrekte Aufzäumen und Satteln schon hundert Mal gesehen. Das scheint auch Mr Tallyho irgendwann zu bemerken.

„Also gut", donnert seine Piratenstimme durchs Wasser, „dann werde ich jetzt die Einteilung vorlesen. Ihr nehmt euch immer zu zweit einen Delfin, zäumt ihn auf und führt ihn dann draußen auf den Abreiteplatz. Wenn ihr Probleme habt, meldet euch bitte bei mir, ich warte dort."

Dann liest er seine Liste vor. Schnell wird mir klar, dass er jedem Redriff-Jungen immer ein Korallenkrone-Mädchen zuordnet.

Klebriger Kugelfisch! Ich hätte heute wirklich lieber mit Tay oder Nemone oder Blue oder meinetwegen sogar Maris zusammengearbeitet. Anstrengungen hatte ich schon genug. Da muss ich nicht auch noch irgendeinen unberechenbaren Jungen auf die Schuppen gedrückt kriegen!

Tay hat Glück. Als Polos Name aufgerufen wird, darf sie mit ihm ein Team bilden. Nemone hat ebenfalls Glück. Sie gerät an einen wirklich nett und freundlich aussehenden Jungen, den sie auch schon zu kennen scheint. Blue wird einem Meerjungen zugeordnet, der etwa einen Kopf kleiner ist als sie. Sie übernimmt sofort das Kommando und schubst den armen Kerl ein wenig unsanft in die Richtung, in die sie schwimmen will. Der Kleine tut mir leid, aber ich muss trotzdem grinsen.

Dann höre ich plötzlich meinen eigenen Namen. Huch, jetzt habe ich den Jungennamen davor ganz verpasst!

Neben dem Piratenlehrer treibt ein gut aussehender Meerjunge, der mir mächtig bekannt vorkommt, und sieht sich suchend um. Woher kenne ich den bloß? Oh, matschige Meermakrele! Das ist ja Maris! Nein, das ist natürlich nicht Maris, dafür aber die männliche Ausgabe von Maris Matschfisch Meerstern! Das muss *Maltis* Meerstern sein, Maris' ein Jahr älterer Bruder! Meine Meerwelt, sehen die sich ähnlich!

„Bist du Maltis?“, frage ich, als ich auf ihn zuschwimme.

Maltis zieht eine Augenbraue hoch und guckt mich an, als hätte ich gefragt, ob er mir mal netterweise drei Schwimmzüge vormachen könne.

„Ich … äh … ich konnte gerade nicht zuhören, weil ich … äh … über was anderes nachgedacht habe“, stottere ich herum. Was natürlich noch dorschdusseliger klingt.

Maltis zeigt ein gnädiges Lächeln. Saftige Südseegrütze! Der Typ scheint genauso eingebildet zu sein wie seine Schwester.

Und sieht leider mindestens genauso gut aus wie Jolvo, der Meermädchenschwarm. Was Maltis ohne Zweifel auch weiß! Wie kann ich ihm nur schnellstens verklickern, dass ich NICHT so leicht beeindruckt bin von hübschen Meerjungen?

„Hast du schon mal einen Delfin geritten?“, fragt Maltis jetzt etwas herablassend.

Was für eine fischfreche Frage!

„Hast du schon mal Haifischzähne gelutscht?“, erwidere ich und lasse meine Augen angriffslustig funkeln. Der soll mal gleich wissen, dass mich weder Haie noch barschblöde Meerjungen schrecken können!

Auf Maltis' Gesicht erscheint ein überraschtes Grinsen. Anscheinend schwimmt ihm bei all den Glitzerkätzchen hier nur selten ein vernünftiges, selbstbewusstes Meermädchen über den Weg.

„Tja ...“, Maltis guckt mich prüfend an, „... wenn du so unerschrocken bist, dann möchtest DU vielleicht unseren Lasso hier aufzäumen?“ Er deutet auf einen unruhig in seiner Box hin und her ruckenden Delfin.

„Der mag nicht eingesperrt sein, was?“, frage ich.

„Nee.“ Maltis grinst sein abfälliges Grinsen. „Und noch weniger mag er von kleinen Mädchen geärgert werden. Ich wäre an deiner Stelle vorsichtig beim Anlegen des Kopfstücks!“

Ich schieße ihm meinen verächtlichsten Blick zu. Ha! Ich habe schon wilde Tümmler eingeritten, als der Kerl vermutlich noch mit Lätzchen und Krabbenbrei um die Schwanzflosse seiner Mami herumplanschte! Und so einen Delfin wie diesen hier kriege ich locker gezähmt. Wäre doch gelacht!

Doch Lasso scheint davon nicht ganz so überzeugt zu sein wie ich. Eigentlich scheint er überhaupt nicht sehr begeistert von mir und meinen Versuchen zu sein, ihm sein Zaumzeug überzustreifen. Maltis lehnt mit verschränkten Armen und selbstgefälligem Grinsen an der offenen Boxtür. Ich versuche tapfer, ihn zu ignorieren, so gut es geht.

„Irgendwelche Probleme?“ Nun paddelt auch noch der wilde Pirat heran. Der hat mir gerade noch gefehlt! Mistiges Meersalz! Wieso kriege ich denn diesen riesigen Delfin nicht aufgezäumt? Jedes Mal, wenn ich fast das Kopfstück mit den Zügeln über seine Nase gestülpt habe, ruckt er so doll, dass ich beinahe aus der Box geschleudert werde.

„Nein, keine Probleme“, behaupte ich stur.

Aus den Augenwinkeln kann ich sehen, dass nun auch der Piratenlehrer ein amüsiertes Grinsen im Gesicht hat. Ach, pah, soll die doch alle Neptuns Harke holen!

Wütend dränge ich den Delfin resolut in eine Ecke – genau so, wie man es eigentlich *nicht* machen sollte. Delfine sind ungeheuer sensible Wesen, die einem schlechte Behandlung auf ewig übel nehmen. Doch Lasso sieht mich ganz im Gegenteil plötzlich aus seinen dunklen Augen ruhig an. Als hätte er nur auf jemanden gewartet, der ihm klar und deutlich sagt, was er von ihm möchte. Und dann lässt er sich – Wunder über Wunder! – ruhig und brav von mir aufzäumen. Meine Meerwelt!

Vielleicht hat Maltis recht und Lasso ist Mädchen gegenüber tatsächlich erst mal skeptisch? Bei all den schimmeligen Glitzerkühen hier könnte ich das durchaus verstehen. Bestimmt haben ihm einige dieser fischstinkigen Glitterkätzchen schon unangenehm wehgetan bei ihren ungeübten Versuchen, ihn zu satteln oder zu reiten. Welcher Delfin würde da endlos geduldig bleiben?

Mr Tallyho nickt anerkennend. „Na, du weißt anscheinend wenigstens, was du tust! Wie heißt du? Alani Andros? Prima, Alani! Ich möchte, dass du unseren Trainingsausflug auf Lasso anführst. Maltis schwimmt solange nebenher."

Den barschblöden Blick von Maltis genieße ich aus vollem Herzen.

Als ich mich gekonnt auf Lassos Rücken schwinge, lächele ich Maltis lieblich an. „Und? Schon mal einen Delfin von hinten gesehen?"

Ich presse meine Schwanzflosse sanft an Lassos Bauch und ab prescht er. Raus aus dem Stall, quer über den Abreiteplatz und hoch zu den Blütenfeldern der Korallenbänke. Ich kann ihn gerade noch im letzten Moment in großem Bogen zurück zu den anderen dirigieren, bevor er mir in die Tiefen des Meeres durchgegangen wäre.

Flippiger Flossenschlag, hat der Kraft! Da fühlt man sich als säße man direkt auf einer Unterwasserrakete.

In meinem Bauch tummeln sich tausend glückliche Delfinpiekser wie tausend quirlige Krabben. Ich lächele über beide Backen. Jaaa, das ist das Leben!

delfine sind ja keine meeraffen!

Als ich Lasso zurück zu den anderen Delfinen unten auf dem großen Übungsplatz lenke, sehe ich, wie Mr Tallyho mich beobachtet. Seine Augen sind zusammengekniffen und sein Mund hat einen nachdenklichen Ausdruck.

Was soll das? Warum beobachtet er die anderen Delfinreiter nicht auch mal? Er starrt mich an, als wären seine Augen mit Quallenschleim unlösbar an mir festgeklebt. Sofort kneift mich ein warnender Angstblitz tief drinnen im Magen und dämpft für einen Moment die Freude, so ein herrliches Tier wie den starken Lasso zu reiten. Kann es … könnte es … Knotiger Haiknochen! Könnte es sein, dass der piratige Mr Tallyho der Komplize von dem Meermann ist, der mich rauben will? Ist ER vielleicht der Kontaktmann, den wir suchen? Mustert er mich deswegen so genau, so scharf, so ununterbrochen? Weiß er, dass ich entführt werden soll?

Ups – beinahe hätte ich den Delfin und seine Reiterin vor mir voll gerammt und über den Haufen geschwommen! Das kommt davon, wenn man in tiefen Gedanken herumplätschert, statt mit dem Herzen bei seinem Delfin zu sein.

Die Reiterin rutscht durch die Ausweichbewegung ihres eigenen Delfins glatt aus dem Sattel und kann sich gerade noch an der Rückenflosse festhalten, als ich auf Lasso vorbeischieße.

Wenn du einen Delfin reitest, beobachte die Welt mit seinen Augen!, sagt Pap immer. *Sei ihm dabei immer eine Wellenlänge voraus!*

Eben war ich aber so in mir selbst versunken, dass ich nicht mal mehr die Welt mit meinen eigenen Augen gesehen habe. Und vorausgeschaut habe ich schon gar nicht.

„Hellöö, hellöö!“, ruft die erschrockene Reiterin und versucht dabei ihr Bestes, wieder zurück in den Sattel zu kommen. „Dö mösst aber schön ein bischschen aufpössen, dö!“

Ich muss unweigerlich grinsen, als ich den starken Akzent höre. Mönne, die Tay und ich gleich am ersten Tag kennengelernt haben, kommt aus den kalten Gewässern vor Island. Was erklärt, warum sie so lustig redet. Sie ist ganz sicher eines der glitzerigsten Glitzermädchen der ganzen Schule – ein wandelnder Verkaufsständer für Perlmuttkettchen sozusagen – aber eigentlich ganz lieb.

„Tut mir leid!", rufe ich mit einem entschuldigenden Lächeln über die Schulter zurück, bevor Lasso mit heftigen Schwanzschlägen weiterstürmt. Ich versuche, meinen ungestümen Delfin ein wenig zu zügeln, was bei diesem Muskelpaket gar nicht so einfach ist. Dann schiele ich zu unserem Lehrer runter. Er beobachtet mich immer noch. Ohne Lächeln und ohne jede andere erkennbare Regung. Auch zu meinem Beinahe-Rempler sagt er nichts. Mir wird der Kerl immer unheimlicher.

In diesem Moment gibt er zum Glück die ersten Kommandos. „Die ganze Delfinabteilung bitte die senkrechte Achterbahn aufnehmen!"

Eine senkrechte Acht zu reiten, ist keine leichte Aufgabe, die waagerechte wäre um einiges leichter. Normalerweise fängt man nicht gerade mit dem Schwierigsten an. Ich kann mir nur vorstellen, dass Mr Tallyho uns gleich am Anfang aussortieren will. In die Meermädchen und Meerjungen nämlich, die ohne Probleme eine so schwere Figur reiten können, und in die, die schon mit der bloßen Zügelführung bei einem Delfin überfordert sind.

Tja, das Sortieren gelingt auf diese Weise vorzüglich. Innerhalb von drei Wellenschlägen purzeln die ersten zehn Reiter haltlos durchs Wasser und ihre Delfine bocken mit wilden Kopfschlägen fröhlich auf dem ganzen Platz herum, während andere Reiter, die vorher gar nicht weiter aufgefallen sind, plötzlich ihre Klasse zeigen. Es ist im Nu klar wie Tintenfischbrühe, wer hier reiten kann und wer nicht. Doch auch diesmal kommentiert Mr Tallyho das Ganze mit keinem Wort. Nur seine Augenbrauen heben sich lautlos, während er die Szene beobachtet.

Ich reite entschlossener als vorher, ich will mir keine Blöße geben. Ich mag zwar ein Weiteste-Weiten-der-Weite-Meermädchen sein, aber reiten kann ich! Und wie! Das soll dieser Kerl ruhig sehen!

Ich halte die Zügel fest und stoppe jeden Ausbruchsversuch von Lasso schon im Vorfeld mit Flossendruck. Ich denke immer eine Wellenlänge voraus. Genau wie Pap es mich gelehrt hat.

Wir sausen schräg

hoch über den Platz, nehmen danach die Rundung der Acht hoch oben kurz vor den Korallenwiesen und schießen dann wieder fast senkrecht runter, bekommen gut die Kreuzung, um die untere Rundung der Acht in der entgegengesetzten Richtung sauber zu erwischen. Was bei Lassos Tempo gar nicht so leicht ist.

Nicht nur ich, sondern auch Lasso ist jetzt voll konzentriert. Das spüre ich. Das ist gut. Delfine müssen beschäftigt werden. Wenn ein Delfin sich langweilt, macht er nur Unsinn. Gleichzeitig darf man sie aber nicht überfordern, sonst wehren sie sich. Delfine sind eigenständig denkende Wesen; es macht ihnen Spaß, zu spielen. Aber wenn sie etwas unsinnig finden, werden sie sich weigern, den Befehl auszuführen. Delfine sind ja keine Meeraffen!

Nach einer Weile klatscht Mr Tallyho in die Hände. „Danke, das genügt! Bitte versammelt euch hier unten, sitzt ab und lasst eure Partner aufsteigen!"

Maltis erwartet mich schon ungeduldig. „Gar nicht schlecht", brummt er, als er die Zügel von mir übernimmt, und schenkt mir ein klitzekleines Lächeln, das wohl verführerisch wirken soll.

Pah! Denkt der, ich bin eines von diesen dorschdummen Glitzerkätzchen, die nach dem ersten Lächeln schon zu seiner Schwanzflosse runtersinken? So wie es all die Glimmer-Schimmer-Schimmelmädchen von Korallenkrone bei Jolvo machen?

Nee, nicht mit mir! „Na, dann zeig mal, was DU kannst!“, sage ich stattdessen unbeeindruckt. Und sehe mit Genugtuung ein klein wenig Sorge in Maltis’ Gesicht. Er weiß ohne Zweifel, wie schwierig Lasso zu reiten ist.

Skeptisch sehe ich ihm nach, wie der Delfin mit ihm abzischt. Ich kann genau erkennen, dass bis jetzt Lasso das Sagen hat und nicht etwa Maltis. Und wenn er nur halb so fischeierig wie seine Matschfisch-Schwester Maris ist, dann wird Delfinreiten wohl nicht eine seiner größten Stärken sein.

Dafür, dass er der Sohn eines Meerschnulzensängers ist, schlägt er sich allerdings ganz wacker. Lasso achtet zwar nicht die Meerbohne auf die Befehle seines Reiters, saust aber weiter munter die Acht rauf und runter. Glück für Maltis, dass ich Lasso bereits gezeigt habe, was die Aufgabe ist, und dass er vermutlich von alleine Lust hat, weiter die abwechselnden Kreise zu schwimmen.

Wie gesagt, im Endeffekt tun Delfine das, was sie selber mögen. Es ist also die Kunst des Reiters, den Delfinen auch Aufgaben zu geben, die ihnen gefallen. Ich bin richtig ein bisschen stolz auf mich, dass ich das bei Lasso anscheinend geschafft habe!

was hat mr tallyho vor?

Mr Tallyho ruft die Reiter nun zu sich und teilt sie, wie ich vermutet habe, in zwei Gruppen ein. Die erste Gruppe schickt er wieder zurück in den Stall, wo sie noch etwas mehr Theorie über die Pflege und Behandlung von Delfinen lernen sollen. Die zweite Gruppe bittet er, einen Hindernisparcours aus den unten am Meerboden stehenden Reifen, Hürden und Tunneln zu bauen.

Juhu! Das braucht man uns begeisterten Delfinreitern nicht zweimal zu sagen! Denn ich bin glücklicherweise in der Gruppe derer, die es geschafft haben und nicht im Theorieraum nachpaddeln müssen! Doch bevor ich noch meine Schwanzflosse ins Wasser peitschen kann, um mich auf die Hindernisse zu stürzen, hält mich der Meerpirat zurück. „Moment, nicht so hastig, junge Dame! Wie war dein Name noch?"

Mir läuft sofort wieder ein warnender Schauer die Schuppen runter. Was hat der Kerl vor? Warum glotzt er mich ununterbrochen so an?

„Alani Andros“, piepse ich – vielleicht ein wenig zu schüchtern. Dorschdumm! Will ja schließlich nicht, dass der Kerl merkt, dass er mir allmählich unheimlich ist.

„Alani Andros. Hm, hm, soso“, murmelt der piratige Mr Tallyho in seinen nicht vorhandenen Bart. Und dann lächelt er plötzlich. Das erste Mal. Dabei zuckt seine Augenklappe komisch hin und her.

„Soso, Alani Andros“, wiederholt Mr Tallyho. Er schwimmt näher zu mir ran und schaut mir seegrasgerade in die Augen. „Weißt du denn, Alani Andros …?“

Mein Magen ist verkrampft, als würde sich dort eine Seeschlange gerade ihr Frühstücksmahl richten. Was kommt jetzt? Was soll ich wissen? Dass ich nicht mehr lange frei sein werde? Dass mich bald jemand auf Nimmerwiedersehen kidnappen wird und dann: Tschüss Meerwelt?

„… weißt du denn“, fährt der augenklappige Pirat fort, „dass du eine der talentiertesten Reiterinnen bist, die mir je unter meine Meeraugen gekommen sind? Ich habe dich beobachtet, Meermädchen! Sehr genau beobachtet! Du kannst es weit bringen, wenn du ordentlich trainierst. Du kannst … HE! Hörst du mir überhaupt zu?“

Ob ich ihm zuhöre?

Ich weiß nicht genau. Ich glaube, ich habe nicht wirklich alles mitbekommen.

Der Meerpirat will mich gar nicht entführen? Er hat mich nur beobachtet, weil ich so … talentiert bin? Das heißt, er findet mich … GUT? Meerwasserspritzig gut? Oh, flippiger Flossenschlag! All die miesen kleinen Angstpiekser in meinem Bauch verwandeln sich auf der Stelle in jubelnde, supersandig stolze Meerlibellen. Ich starre ihn nun doch mit offenem Mund an.

Da lächelt Mr Tallyho noch mehr. (Vielleicht ist er tatsächlich kein so übler Typ?) „Immer langsam mit den jungen Fischen! Ich habe nicht gesagt, dass du morgen die Meerolympiade gewinnst! Aber …" Er reckt wieder seine Augenbrauen hoch. „Aber ich möchte dir gern eine Chance geben. Hast du schon mal Delfinpolo gespielt?"

„Delfinpolo?", echoe ich und wirke dabei vermutlich ein wenig verblödet.

Mr Tallyho nickt. „Ich weiß, dass sie in Korallenkrone kein Team haben. Aber wenn du dir das zutraust, würde ich mit Mr Monkfish, dem Trainer von Redriff, reden und ihn bitten, dich ins Team aufzunehmen."

„Ins Jungenteam?", frage ich.

„Klar", sagt der Pirat grinsend, „ein anderes gibt es bei uns nicht."

Nun schaue ich noch blöder als ein blöder Barsch.

Natürlich freue ich mich riesig über diese Ehre. Und auch wenn ich mein Leben lang glücklich geritten bin, habe ich mir doch immer am meisten gewünscht, richtiges Delfinpolo spielen zu dürfen!

Aber teure Delfinpolo-Klubs gibt es bei uns zu Hause in den weitesten Weiten der Weite nicht. Und sowieso hätte Pap für so einen Schnickschnack kein Verständnis gehabt. Oh ja, ja, ja, wie gern ich Delfinpolo spielen würde!

Doch dann muss ich an Tay denken. An Tay, die auf gutes Training angewiesen ist, damit sie nicht aus ihrer West-Atlantik-Auswahl fliegt. Und die auch in dem Team hätte trainieren sollen, wenn nicht die Strafe von Miss Manatis dazwischengekommen wäre, nur weil ich diese dorschdusselige Idee mit der Filmkamera hatte. Womit ich ihr den Traum vom Delfinpolotraining kaputt gemacht habe. Ja, im Grunde ist es meine Schuld, dass Tay nun doch nicht mittrainieren darf. Und da soll plötzlich ICH ins Team aufgenommen werden? Während sie in der Küche zur Strafe Frühdienst schieben darf?

Ich schlucke. Und kann mich nicht mehr richtig über das Lob des Lehrers freuen.

„Was ist?", fragt Mr Tallyho. „Sehr begeistert scheinst du von dieser Aussicht nicht gerade zu sein. Magst du kein Delfinpolo? Glaub mir, du hast alles, was eine gute Spielerin braucht. Entschlossenheit, Mut und Talent!"

Ich gucke nun beinahe verzweifelt. Je mehr nette Sachen er sagt, desto mieser fühle ich mich Tay gegenüber. Aber das kann er natürlich nicht ahnen. Und sagen kann ich ihm das wohl kaum.

Doch in diesem Moment sagt jemand anderes was. Nämlich eine glockenhelle Stimme. Eine Stimme, die so gar nicht zu der Person passt, der sie gehört. „Natürlich mag Lani Delfinpolo", sagt Tay bestimmt. „Sie ist sogar ganz verrückt danach. Und ich bin sicher, dass sie in kurzer Zeit zu den besten Spielern gehören wird. Natürlich sagt sie JA zur Aufnahme ins Team!"

Ich drehe mich zu Tay um. Sie paddelt aus einer kleinen Nische unter uns hervor und lässt sich zu uns herauftreiben. Anscheinend hat sie unsere ganze Unterhaltung mit angehört.

„Tay!“

„Hallo, Tayfun Cork!“ Mr Tallyho scheint sich gut auszukennen im Delfinpolo. Und Tay ist trotz ihrer Jugend ja bereits eine meerbekannte Spielerin. „Ich habe gesehen, dass du in meiner Klasse bist. Es ist mir eine Ehre!“ Er macht eine leichte Verbeugung, die ganz und gar nicht wirkt, als würde er uns auf die Flosse nehmen wollen. „Dass DU im Team mitspielst, ist sowieso klar. Aber deine Freundin hier …“, er deutet auf mich, „… hat ebenfalls Klasse! Und möglicherweise eine große Zukunft!“

Tay lächelt. „Ich weiß!“

Ich bin total verwirrt. Eine Zukunft? Ich seufze. Meine Zukunft liegt im Moment bloß wie ein dunkles Gewirr aus mysteriösen Briefen, aus Drohungen und Entführungen und vielen dunklen Löchern vor mir. Ein Gewirr, in das ich gerade verzweifelt versuche, ein bisschen Helligkeit zu bringen. „Tay, ganz ehrlich, ich glaube, ich hab im Moment andere Sorgen. Ich kann ja vielleicht später mal ins Delfinpoloteam …“

„Was für ein Unsinn!“, unterbricht mich Mr Tallyho mit lauter Piratenstimme. „Für sportliche Ambitionen hat man immer Zeit!“

„Es … äh … geht auch eigentlich weniger um

Zeit“, versuche ich tapfer, noch mal das verlockende Angebot abzulehnen, „es geht mehr … äh … um den … äh … Zeitpunkt. Der ist für mich gerade nicht so ideal.“

Wie soll ich bloß unserem Lehrer erklären, dass ich erstens ein schlechtes Gewissen Tay gegenüber habe und zweitens mehr damit beschäftigt bin, mich vor Entführern in Sicherheit zu bringen? Wohl gar nicht. Er muss einfach ohne Begründung akzeptieren, dass ich nicht ins Delfinpoloteam gehe.

Doch da habe ich nicht mit Tay gerechnet.

Mr Tallyho nickt und will schon gerade nachgeben, weil er mich ja schlecht zwingen kann, da mischt Tay sich wieder ein: „Was für ein quarkiger Quallenquatsch!“, sie guckt mich missbilligend an. Dann lächelt sie zu Mr Tallyho rüber. „Glauben Sie mir, der Zeitpunkt für Alani könnte nicht besser sein. Delfinpolotraining ist genau das, was sie jetzt braucht. Das bringt ihr kleines Sorgenhirn auf andere Gedanken!“

„Sorgenhirn?“, fragt Mr Tallyho. „Ach, Kinder, wir haben alle mal Sorgen im Leben. Wenn wir deswegen sofort aufhören würden, all die Dinge zu tun, die wir lieben, dann sähe es traurig aus in der Welt!“

Ich seufze ein weiteres Mal. Ich kann mir nicht

vorstellen, dass alle Meermenschen gelegentlich entführt werden oder erfahren, dass ihre Eltern gar nicht ihre Eltern sind, oder Drohbriefe lesen, in denen der eigene Name steht! Aber was soll ich argumentieren? Tay guckt mich so strahlend zufrieden an, dass ich nur noch mit den Schultern zucke.

„Also gut“, nuschele ich noch nicht richtig überzeugt. „Dann komme ich zum nächsten Training. Vielen Dank für die Einladung!“

Mr Tallyho strahlt. Wobei seine korallenrote Augenklappe wieder herzhaft zuckt wie ein junger Lachs. „Die Freude ist ganz meinerseits! Es macht Spaß, junge Meertalente zu entdecken. Und dass wir nun zwei junge Damen in unserer Redriff-Mannschaft haben, finde ich ganz wunderbar!“

Da fällt Tays Lächeln dann doch noch in sich zusammen. „Ich … ich werde nicht dabei sein.“

„Nicht?“ Mr Tallyho sieht sie überrascht an. „Aber warum denn das nicht?“

„Weil ich … ähm …“, stottert Tay. Und ich sehe sie das erste Mal richtig verlegen. „Weil … ähm … Miss Manatis ihre Erlaubnis wieder zurückgezogen hat.“

„Ach“, macht Mr Tallyho.

Aber mehr sagt er dazu nicht. Er kann sich wohl denken, in welchen Fällen unsere Internatsdirektorin zu solchen Maßnahmen greift. Er seufzt und sieht Tay ehrlich mitleidig an. „Kopf hoch, junge Dame! Ich bin sicher, das kriegst du in den nächsten Wochen wieder hin. Oder?“

Sein ODER klingt weniger wie eine Frage als vielmehr wie eine energische Aufforderung.

Und so versteht es auch Tay. Sie guckt zerknirscht zum Meerboden runter. „Ja. Das hoffe ich.“

polos fischfreche idee

Der Rest der Stunde vergeht so schnell und aufregend, dass ich tatsächlich beinahe meine Sorgen vergesse. Wir reiten unsere Delfine begeistert über und durch all die Hindernisse, die wir vorher zusammen gebaut haben. Was den Delfinen fast noch mehr Spaß zu machen scheint als uns.

Delfine wollen beschäftigt werden!

Nemone, Mönne und viele andere Meermädchen sind währenddessen im Stall und pauken Delfinpflege-Theorie. Was ihnen aber nicht viel auszumachen scheint. Ganz im Gegenteil! Als ich einmal durchs Fenster zu ihnen reinschaue, hängen sie alle glücklich oben und unten im ganzen Raum herum und kichern beim Lernen gut gelaunt vor sich hin. Tja, auf wilde Ritte und zerzauste Haare scheinen diese glitzerigen Schimmelmädchen nicht wirklich scharf zu sein! Eher auf Kichern im Stall.

Auch Maris Matschfisch Meerstern, die in der zweiten Schicht von ihrem Putzjob erlöst wurde und mitreiten durfte, war nach dem Ritt mehr als froh, wieder von ihrem Delfin rutschen zu dürfen. Obwohl sie die älteste und bravste Delfindame zugeordnet bekam. Aber offensichtlich liegen ihr Schaukelsofa-Seepferdchen deutlich mehr, hihihi!

„Oh, mein Kleid!“, jammerte sie nur und strich und zerrte an ihrem goldgelben Fummel herum. „Seht euch nur mein armes Kleid an! Nei-iiin! Ist das etwa ein Loch?“

Schimmelige Glitzerkatze!, kann ich dazu nur sagen. Wer – bitte – trägt denn auch zum Delfinreiten ein Kleid, das besser zu einer Meerhochzeitsgesellschaft gepasst hätte?

Blue, Tay, ich – und auch Maltis – jagen währenddessen mit Jauchzern und in halsbrecherischem Tempo wieder und wieder über den Parcours. Ich darf noch mal den schwierigen Lasso reiten, was ich als Ehre empfinde. Maltis reitet ein Delfinweibchen, das Nia heißt.

Natürlich ist auch die Rattenfisch-Gang in unserer Gruppe dabei. Zumindest zwei der drei Rattenfische, nämlich Jolvo und Polo. Den dritten, Sinnakus, kann ich zwischen Nemone und den anderen im Theorieraum treiben sehen, wo er inmitten all der Meermädchen so zufrieden aussieht wie ein Clownfisch inmitten einer appetitlichen Frühstücksweide von Seeanemonen!

„Glückwunsch, Lani!", rufen Polo und Jolvo von ihren Delfinen zu mir hinüber, als sie von Mr Tallyhos Lob und Vorschlag hören. „Willkommen im Redriff-Team!"

Tay lächelt dazu wacker, aber etwas halbherzig. Kein Wunder, wenn man bedenkt, wie sehr es sie schmerzen muss, dass sie selbst nun nicht dabei sein kann.

Doch Polo grinst sie breit an. „Hey, Tay! Mach kein Gesicht wie eine Seekuh, die beim Pinkeln überrascht wird! Freust du dich denn gar nicht auf das Training?"

Als Antwort guckt ihn Tay so böse und vernichtend an, dass sie damit problemlos eine ganze Wiese voller Meerblumen auf der Stelle verwelken lassen könnte. Doch an Polo prallt ihr Blick ab wie Meerwasser an unseren Schuppen.

„Was ist los?", fragt er ungebremst fröhlich, während sein Delfin ungeduldig versucht, nach vorne zu drängen. „Erinnerst du dich nicht mehr: Ich habe dir versprochen, dass du dabei sein wirst! Und ein Polo hält sein Versprechen. Du wirst meine Idee mögen! Es ist eine absolut unschlagbare Idee! Vertrau du nur Onkel Polo!"

„*Onkel* Polo! Haha!", grunzt Tay verächtlich, als Polo seinen Delfin endlich nach vorne hat preschen lassen und außer Hörweite ist. „Fischfette Sprüche hat der schwarmweise drauf! Aber seine – oh so unschlagbare – Idee hat er uns immer noch nicht verraten!"

„Wir treffen uns vor der Mittagspause in der Sandperle!", ruft Polo uns zu, als wir nach der Stunde die Delfine vor der Stallhalle absatteln. „Dann erkläre ich euch alles!" Er gibt seinem Tier einen kleinen Abschiedsklaps auf den Rücken. Und mit lustigen Halsverrenkungen und lauten Klacklauten zischt der Delfin ab in die Weiten seiner Weiden vor Redriff.

Ach, ich liebe Delfine! Ich könnte ihnen stundenlang zuschauen.

„Gut gemacht, Alani Andros!" Mr Tallyho schwimmt von hoch oben zu uns runter. „Ich habe eben Mr Monkfish Bescheid gesagt. Er erwartet dich bereits übermorgen zum ersten Training."

Ich hole tief Luft. Das klingt ja nun doch ziemlich aufregend. Richtiges Delfinpolo! Kein Herumalbern mit langen Seegrasstangen als Poloschläger-Ersatz, so wie mein alter Freund Petin und ich das immer in den weitesten Weiten der Weite gemacht haben, als wir noch klein waren und spielten, wir wären meerberühmte Reiter. Nein, das hier wird richtiges, echtes, knallhartes Delfinpolo sein! Knotiger Haiknochen!

Ich schaue mich nach Tay um. Doch die lächelt mich nach wie vor aufmunternd an. Wie die beste Freundin der ganzen Meerwelt! Ach, ich wünschte, ich könnte machen, dass auch Tay dabei sein kann!

Polo, der uns zugehört hat, schüttelt nur den Kopf. „Vertraut mir doch endlich, ihr Seehühner!", raunt er so leise, dass Mr Tallyho es nicht hören kann. „Ihr seid übermorgen *beide* dabei! Versprochen! Wir sehen uns in zwei Stunden in der Sandperle, klar?" Er sieht uns verschwörerisch an.

Tay nickt. „Ja, ja, klar wie Tintenfischbrühe, du Angeber!" Doch sie sieht tatsächlich um einiges beruhigter aus.

Hat Polo wirklich eine Idee, die klappen könnte?

Pünktlich zu Beginn der großen Mittagspause schwimmen Tay und ich hinüber zur Sandperle, um die Jungs von der Rattenfisch-Gang zu treffen. Das kleine Café, in dem sowieso fast nur Meermädchen aus Korallenkrone oder aber Redriffler herumschwimmen, liegt auf halbem Weg zwischen den beiden Internaten. Jetzt, direkt vor dem Essen, sind fast alle Tische frei.

Tay und ich lassen uns auf zwei Muschelhocker fallen und strecken unsere Schwanzflossen aus.

„Puh, bin ich müde!“, stöhne ich. „Meine Schwanzflosse fühlt sich an, als hätte ich drei Wochen lang täglich für die Meermeisterschaften im Wettschwimmen trainiert.“

Tay zieht eine fischfette Grimasse. „Klappe! Das war MEIN Text!“

Ich grinse. „Bist du auch so müde?“

Tay nickt und gähnt herzhaft. „Stell dir vor, ich musste die ganze Nacht lang so ’ne dorschdusselige Freundin von mir suchen, die meinte, sie müsse mal eben einen kleinen Ausflug nach Aquamarina machen!“

Ich schüttele gespielt entsetzt den Kopf. „Also auf was für Ideen manche von diesen verwöhnten Meermädchen kommen! Wie kann man nur!“, sage ich mit verstellt affektierter Stimme.

Tay nickt mit tiefem Seufzer. „Ja! Und alles nur, um sich einen matschigen Brief auf irgend so einem Schreibtisch in irgend so einer Rechtsanwaltskanzlei anzugucken!“

Ich sehe sie mit treuherzigem Augenaufschlag an. „Ja, aber du musst zugeben, es war ein sehr interessanter Brief!"

Jetzt muss Tay lachen. „Verzischter Meermann, Lani! Ich wünschte, es wäre schon so weit, dass wir darüber Witze machen könnten!" Dann wird sie ernster. „Und ich wünschte, wir wüssten wenigstens, wer in Korallenkrone der Verräter ist! Wer es ist, der mit dem Kerl, der den Drohbrief geschrieben hat, zusammenarbeitet!"

Nun seufze auch ich. Ja, wer?

Eine Weile starren wir nur vor uns hin und lassen die Spitzen unserer Schwanzflossen im leichten Seegang über den Sand reiben. Das kitzelt und tut gut zur gleichen Zeit.

Dann kratze ich mich ein bisschen an der Stelle, an der ich mir eben gerade in der letzten Stunde bei dieser dorschdusseligen Schuppen- und Schönheitspflege die Schuppen mit Kalkschwämmen polieren musste. Damit sie auch *bestmöglich glänzen*, wie die Lehrerin sagte. Jetzt glänzen sie nicht mehr, sondern jucken, als hätte mir jemand Wasserflöhe auf meine Flosse gesetzt. Wahrscheinlich bin ich allergisch gegen jegliche Schönheitspflege.

Hihihi, Tay war allerdings noch allergischer. Sie sah die ganze Stunde über so aus, als wolle sie der armen Lehrerin gleich ihre polierten Schuppen einzeln ausreißen. Und das muss die wohl auch gedacht haben, denn sie hat die ganze Zeit einen Riesenbogen um Tay gemacht und sie nicht ein einziges Mal mit irgendwelchen Schwämmen belästigt. (Ich glaube, ich muss noch an meinem Gesichtsausdruck arbeiten …)

Ich kratze mich noch mal ausgiebig.

„Was ist?“, fragt Tay und grinst ihr fischigstes Grinsen. „Sind dir die Schönheitspasten nicht bekommen?“

Ich grunze unwillig. „Pass du nur auf, dass dir nicht irgendwann mal jemand im Schlaf die Schuppen mit dem Zeugs zukleistert!“

In diesem Moment kommen zum Glück die Jungen angeschwommen. Und fast zeitgleich mit ihnen die Bedienung des Cafés. „Was darf ich euch bringen?“

Wir bestellen Anemonentee und Algenkekse. (Hier verkaufen sie ganz seltene, die aus orangeroten Algen gemacht werden, die es nur im ostindischen Ozean gibt – super – lecker!) Und dann fängt Polo endlich an zu reden. Er beginnt mit der Tatsache, dass es doch eine Schande wäre, eine meerklasse Spielerin wie Tayfun Cork nicht trainieren zu lassen.

„Bla … bla … blubb!“, macht Tay gelangweilt und lässt eine extragroße Luftblase aus ihrem Mund aufsteigen. „Hör auf, mir Seeigelhonig auf die Lippen zu klatschen und komm zur Sache!“

Jolvo lächelt. Ich glaube, er mag Tays knallige, direkte Art.

Polo scheint ebenfalls nichts krummzunehmen, was Tay sagt. „Okay. Also: Fakt ist, dass dir eure Miss Manatis verboten hat, mitzumachen. Richtig?“

Wir nicken. „Ja. Weiter!“

Polo fährt selbstzufrieden fort. „Tayfun Cork darf also nicht trainieren. Aber … Bonner Salmon … (wie Polo mit richtigem Namen heißt) … und Jolvo Baluga und Maltis Meerstern und noch einige andere mehr, die dürfen trainieren. Richtig?“

Knotige Kaumuschel! Der Kerl geht mir allmählich auf die Schuppen! „Komm zur Sache, du Fischklops!“

Polo lächelt geschmeichelt, als hätte ich ihm ein bezauberndes Kompliment gemacht. Und dann … dann endlich rückt er raus mit seiner Idee. Und ich muss sagen – fischige Flossenkrätze! –, es ist eine fischstinkig freche Idee! Aber auch eine wirklich geniale Idee!

Wenn sie denn klappt!

Auch Tay reißt verblüfft die Augen auf wie ein Seepferdchen im Delfinstall. (Was bei ihr nicht gerade häufig vorkommt!) „Du meinst, ich soll …? Du meinst …?“

Die drei von der Rattenfisch-Gang grinsen von einem Ohr bis zum anderen. „Ganz genau! Meerzischige Idee, was?“

Tay legt den Kopf in den Nacken und lacht und lacht und lacht. „Ihr seid verrückt! Einfach total forellenfisch-verrückt! Das klappt nie! Auf der anderen Seite …“ Sie schüttelt beim Lachen den Kopf. „Viel zu verlieren hab ich ja nicht. Probieren wir's!“

„Bravo!“, lobt Polo und klopft Tay auf die Schulter. „Übermorgen früh geht's los. Wir treffen euch vor der Delfinpolo-Arena!“

von pickeln, krabben und meerprinzen

Den restlichen Tag kann ich mich kaum noch in Schwimmlage halten. Ich denke zwar die meiste Zeit über Polos fischfette Idee nach, trotzdem schlafe ich mehrere Male fast ein. Nur Tays freundlicher Ellenbogen hält mich in so interessanten Stunden wie Seepferdspringen oder Perlenstickerei wach. Direkt nach dem Abendessen, während alle anderen noch ihre Freizeit genießen, lasse ich mich wie ein Stein auf meine Koje in unserer Bernstein-Schlafgrotte sinken.

Und wache am Morgen genau so auf, wie ich am Abend vorher darauf hinuntergesunken bin. In vollen Tagesklamotten. Was immerhin praktisch ist, da ich mich nun nicht mehr anzuziehen brauche.

Ich muss an all die Ereignisse in den letzten zwei Tagen denken und fühle mich schlagartig so, als bräuchte ich direkt eine weitere Nacht ausgiebigen Schlaf. Bin immer noch sooo müde!

Doch als mir einfällt, was Polo uns gestern Mittag in der Sandperle vorgeschlagen hat, wie Tay nämlich doch beim Delfinpolotraining mitmachen kann, ohne dass es jemand merkt, muss ich grinsen. Polo hat tatsächlich unglaubliche Ideen! Und – na ja – es ist zwar wirklich ziemlich gewagt, aber … warum sollten wir es nicht wenigstens probieren?

„He, du faule Wasserratte!", lacht mich Blue an. „Was liegst du immer noch hier rum und lächelst selig vor dich hin, hä? Kaum eine Nacht lang im weiten Meer unterwegs und schon macht die Kleine schlapp! Nicht zu fassen!"

Ich schnaube als Antwort mal kräftig, so höflich wie ich kann.

Blue wirft ihre langen schwarz und hellblau gesträhnten Haare zurück und schwimmt einen Kitzel-Angriff von oben. „Auf! Los! Meerhausmutter Lophelia wird gleich hier sein! Und du willst doch nicht, dass sie dich schon wieder im Bett erwischt, oder? Außerdem …" Sie hört mitten in ihrer Kitzel-Attacke auf und guckt mich fast mitleidig an: „Hast du nicht mit Tay Küchendienst aufgebrummt bekommen?"

„Oh, du pickeliger Pökelfisch!", stöhne ich bloß und versuche, mich tiefer in meinen Kissen zu vergraben.

„Nein, keine Sorge!“, höre ich nun Maris’ mädchenhaftes Meerprinzessinnen-Geflöte. „Allzu gepickelt oder gepökelt siehst du heute gar nicht aus.“

Was quatscht die da für einen Quallenquark? Ich taste automatisch nach Nikos (über meinem linken Auge) und Alexis (auf dem Kinn). Nikos scheint sich mal wieder völlig verwässert zu haben, nur der fette Alexis ist natürlich nicht wegzukriegen. Aber vielleicht fühlt er sich für mich fetter an, als er für alle anderen zu sehen ist? (Das behauptete jedenfalls früher immer Mam.)

„Ich würde nicht so quetschen“, kommt Nemones Stimme jetzt von meiner rechten Seite, „das macht sie nur schlimmer. Wenn du willst, decke ich dir den Kleinen da unten schnell mit Korallenkalk ab.“

„Och … äh … sehr lieb, aber nein, danke“, grunze ich und hebe meinen Kopf endlich aus den Kissen.

Ich will weder irgendeinen korallenkalkweißen, noch perlmuttrosafarbenen noch sonst welchen Meermist auf meiner Haut haben. (Eigentlich will ich auch Alexis oder Nikos da nicht haben, aber – stöhn – ich schätze, so ist das Meerleben eben!)

„Achtung! Miss Lophelia!“, zischt Maris von der Tür her und – wutsch! – zerren und zupfen wir alle schnell unsere Betten ordentlich.

Wie sehen eigentlich meine Haare aus? Die machen hier in Korallenkrone ja immer so einen schimmeligen Wirbel um Frisur und anmutiges Aussehen und all den Makrelenmatsch. Egal. Dran sein werden sie ja wohl noch. Das ist die Hauptsache, finde ich.

Miss Lophelia findet das leider nicht. „In drei Wellenschlägen hast du deine Haare anständig zusammengesteckt!"

Dann guckt sie missbilligend zu Tays stoppeligen Locken hinüber. Doch wo nichts ist, kann auch nichts geflochten oder gesteckt werden. Das scheint Tay sehr zu beruhigen. Sie lächelt Miss Lophelia strahlend an. Und Miss Lophelia kann nur machtlos seufzen.

Nachdem sie danach ein wenig die Unordnung von Maris Matschfisch Meersterns Tuben, Döschen und Pasten gerügt hat, fällt ihr noch etwas ein: „Ihr beiden", sie zeigt auf mich und Tay, „sollt sofort in die Küche kommen. Die anderen haben noch zwanzig Minuten Zeit bis zum Frühstück." Und damit platscht sie endlich wieder raus aus unserer Grotte.

Wenig später in der Küche bin ich wie erschlagen. Ich hätte nie gedacht, *wie viel* vor einer kleinen Mahlzeit wie einem einfachen Frühstück zu tun ist! Tay und ich sind zum Krabbenpulen abkommandiert. Eine wenig erfreuliche Arbeit. Meine Hän-

de stinken jetzt schon nach Fisch.

Andererseits bin ich schon fast satt, als wir endlich zur Essensgrotte abpaddeln dürfen. Lecker! Dabei sind die Krabbenrationen für jedes Meermädchen eigentlich streng limitiert. Aber ehrlich, ich finde, irgendeinen Vorteil sollte dieser Küchendienst für Tay und mich schon haben!

Den restlichen Tag über kämpfen wir uns tapfer durch all die Unterrichtsstunden. Wasserkunde wird auch nicht dadurch interessanter, dass man muschelmüde ist, aber ich habe immerhin Zeit, meine Gedanken ein wenig fließen zu lassen.

Als Erstes denke ich natürlich wieder und wieder über Polos freche Idee nach und wie um alles in der Meerwelt das klappen soll! Aber die Vorstellung, dass wir das wirklich tun werden, ist aufregend und lustig und ich freue mich wie eine junge Forelle auf das Delfinpolotraining morgen. MIT Tay – hurra!

Danach schüttele ich den Kopf, als ich an Mr Tallyho denke, den piratigen Stallmeister von Redriff. Wie schnell man sich in Meermenschen täuschen kann, bloß weil man sich von deren äußerer Erscheinung auf eine falsche Fährte locken lässt! Wie konnte ich den netten Delfinlehrer auch nur einen einzigen Wellenschlag lang für den Kontaktmann des Drohbriefverfassers halten! Ich muss darüber jetzt fast lachen.

Das lässt meine Gedanken weiter zurückströmen zu der Entführung und dem fiesen Drohbrief und ein dunkler Schauer rieselt über meine Schuppen. Schnell versuche ich das unangenehme Gefühl abzuschütteln und suche nach anderen, schöneren Erinnerungen. Was haben wir vorher gemacht? Vor dieser langen Nacht, die mein ganzes Leben mal wieder auf den Kopf stellte. Ach ja, unser netter kleiner, streng verbotener Ausflug an die Wasseroberfläche! (Das unerlaubte Auftauchen ist das allerschlimmste Vergehen für alle in der Meerwelt! Auch für erwachsene Meermenschen.)

Oh, diese Wasseroberfläche! Die Luft – wie die Landmenschen das nennen. Was für ein unfassbar strudelig, sandiges Gefühl das auf meiner Haut war! Wie der Wind auf den Armen kitzelte!

Und dann diese Insel! Noch nie hatte ich irgendein richtiges Stück Land in Wirklichkeit gesehen. Na klar, gucke ich, wie jedes andere Meermädchen auch, gerne Filme im Muschelmonitor. Und na klar weiß ich im Prinzip, wie es da oben aussieht. Aber das alles WIRKLICH zu sehen! Wirbelige Wunderwasserwelle! Da weiß man gar nicht, wohin man zuerst gucken oder was man zuerst fühlen soll!

Plötzlich kam ja auch noch Finn angerauscht und zog mich an seiner Rückenflosse übers Wasser näher zu der Insel hin, dass die Gischt nur so spritzte. Und als wir ganz nah an der Insel waren, sah ich plötzlich diese Landjungen, die auf bunten Brettern die Wellen abritten. Ja, sie ritten wirklich auf Brettern auf dem Wasser! Kann man sich etwas Verrückteres vorstellen?

Ich konnte meine Augen kaum von ihnen lassen. Besonders nicht von einem von ihnen. Denn der sah irgendwie … irgendwie … na ja, blond und braun gebrannt (das macht die Sonne mit der Haut, wie wir in Landmenschenkunde gelernt haben) aus und irgendwie … irgendwie sehr …

Ups! Warum kribbelt mein Bauch denn gerade jetzt, wo ich an ihn denke, so … so … so wie tausend Babykrabben auf einmal!

Also jedenfalls sah er aus … wie ein Meerprinz. Der perfekte Meerprinz. Mit himmelblauen – landmenschenhimmelblauen – Augen. So blau, wie Augen nur sein können.

Er sah mich an.

Und ich sah ihn an.

Und er riss diese großen blauen Augen auf. Immer größer und größer.

Und ich – matschiger Makrelenmist – begriff erst viel zu spät. Und tauchte viel, viel zu spät ab.

„Lani, du alter Sumpfaal!" Tays freundschaftlicher Ellenbogen knallt mir mal wieder gegen die Rippen. „Stöhn hier nicht so rum! Miss Petula guckt schon ganz komisch. Gleich kriegen wir die nächste Strafaktion aufgehalst!"

Ich?

Was?

Ups, ich habe gar nicht gemerkt, dass ich laut gestöhnt habe. Na ja, eigentlich war das Stöhnen auch eher ein Seufzer. Ein ziemlich sehnsüchtiger Seufzer. Oh, wie seesandschade, dass ich diesen Meerprinzen nie mehr zu Gesicht bekommen werde!

alexis torbas

Nach dem Abendessen fragt uns Nemone, was denn aus dem armen Kerl geworden ist, den Tay und ich bewusstlos in die Krankenstation gebracht haben. Ich fühle mich ein bisschen schlecht, weil ich es ihr nicht mal sagen kann. Wir hätten uns ja wenigstens bei Meerschwester Zinzia nach ihm erkundigen können!

Na ja, gestorben wird er wohl nicht sein, das hätten wir erfahren. Und das Bewusstsein wird er inzwischen hoffentlich auch wiedererlangt haben.

„Vielleicht würde er sich freuen, wenn wir ihn alle zusammen besuchen gingen?", schlägt Nemone in ihrer netten Art vor. (Ich glaube, Nemone ist nett zu absolut jedem.) „Vielleicht würde er sich über ein bisschen Abwechslung beim Herumliegen freuen? Immerhin kennt er hier ja keinen. Wir könnten ihm ja auch ein bisschen was zum Knabbern mitbringen."

„Gute Idee", stimmt Maris zu. „Vielleicht möchte er sich auch bei euch für seine Rettung bedanken."

Sie lächelt. „Vielleicht ist er reich und schenkt euch zum Dank …“

„MAAARIS!“, schneidet ihr sofort Blues unverwechselbar genervte Stimme das Wort ab. „Es geht in dieser Welt nicht immer nur um Perlen und Protzen und Prahlen! Auch wenn das für dich schwer vorstellbar ist!“

Maris hört auf zu lächeln und schiebt beleidigt die Lippe vor. „Sooo meinte ich das doch gar nicht!“

„Natürlich nicht, Quallenquark!“, versucht Nemone gleich zu vermitteln. „Wir wissen doch, dass du das nicht böse gemeint hast.“

Blue sieht man es an, dass sie diese Meinung ganz und gar nicht teilt, aber sie hält ihren Mund.

Und so klauen wir uns aus der Küche ein paar gezuckerte Trockensardinen, pflücken draußen vor den Toren von Korallenkrone noch einen Strauß Seeanemonen und paddeln dann zu fünft hinüber zur Meerkrankenstation. Vorsichtig klopfen wir an die Tür.

Keine Antwort.

Wir drücken die Klinke herunter und schwimmen hinein. Meerschwester Zinzia scheint nicht da zu sein, und auch sonst niemand.

„Er muss in einem der Krankenzimmer liegen“,

bemerkt Maris Matschfisch Meerstern messerscharf.

Also lugen wir vorsichtig in jedes der drei Zimmer hinein, bis wir im letzten endlich einen Mann liegen sehen, der interessiert eine Meerzeitung liest.

„Na, tot ist er jedenfalls nicht", wispert Tay und grinst.

Er hat uns noch nicht bemerkt. Wir schließen schnell wieder die Tür, so leise wir können, warten dann ein paar Wellenschläge lang und klopfen schließlich höflich und laut an.

„Herein?", kommt eine dunkle Männerstimme von drinnen.

Mit einem freundlichen Lächeln auf den Lippen öffnen wir die Tür erneut und lassen uns hineintreiben.

„Guten Abend“, beginnt Nemone mit ihrer sanften Stimme, „meine Freundinnen hier haben Sie gestern Morgen bewusstlos gefunden und in unsere Schule gebracht.“ Sie deutet auf mich und Tay. „Wir wollten uns erkundigen, wie es Ihnen geht.“

„Hier sind ein paar Trockensardinen“, fügt Blue hinzu. „Wir hoffen, Sie mögen Sardinen?“

„Ich liiiebe Sardinen!“ Der Mann grinst freundlich. „Besonders, wenn sie gezuckert sind. Und noch mehr, wenn sie von so reizenden jungen Damen gebracht werden!“

Blue dreht sich zur Wand und rülpst mal unauffällig. Sie steht ganz offensichtlich nicht auf Süßwassergesülze. Ich kämpfe mit einem ersten Kicheranfall.

Tays Gesicht zeigt keine Reaktion. „Ich bin Tayfun Cork. Wir haben Sie in der Nähe des Felsgebirges gefunden. Gleich nach dem Beben.“

„Was wolltet ihr da denn?“, fragt der Mann erstaunt, statt einfach nur *danke* zu sagen.

Tay findet wohl, dass ihn das nicht wirklich etwas angeht, also überhört sie einfach seine Frage. „Und Maris hier …“, sie zupft Maris ein wenig näher heran, „… hat Ihnen auch noch einen Strauß Anemonen gepflückt.“

Maris wackelt für meinen Geschmack ein wenig zu sehr mit ihrer Schwanzflosse und lässt ihre tausend Kettchen ein wenig zu sehr klimpern, als sie sich näher zum Bett hinschiebt, aber der Meermann scheint das ganz entzückend zu finden. Er strahlt übers ganze Gesicht, als Maris ihm die Blumen überreicht.

„Oh, vielen Dank! Das ist ja wirklich nett von euch!“ Er lächelt uns alle liebenswürdig der Reihe nach an. „Aber ich habe mich noch gar nicht vorgestellt. Mein Name ist Alexis Torbas.“

ALEXIS?

Mein Reiz zu kichern verwandelt sich in einen heftigen Hustenanfall. Ich drehe mich schnell weg von den anderen.

Das gibt's doch nicht! Wieso tauchen plötzlich überall meine geheimen Pickel-Namen auf? Erst taucht der Name Nikos auf einem der Papiere in Joruna Norts Kanzlei auf. Was vielleicht noch kein allzu großer Zufall ist. Schließlich ist Nikos ein relativ normaler Name. Jedenfalls für Landmenschen. (Aber was hat Joruna Nort eigentlich mit Landmenschen zu schaffen? – Egal. Ist nicht meine Fischsuppe.)

Doch nun blubbert mir nur wenige Stunden später auch noch der Name Alexis entgegen. Ebenfalls ein Name, den eigentlich nur Landmenschen benutzen. Aber vor allem ist er, genauso wie Nikos, mein eigener, privater und sehr geheimer Name. Das ist doch … das ist doch allmählich … unheimlich!

„Alles klar?“ Blue klopft mir besorgt auf den Rücken.

Ich drehe mich zurück, korallenrot im Gesicht vom heftigen Husten, und versuche mich wieder einzukriegen.

Blue klopft weiter. „Geht es wieder, Alani?“

Dem Mann namens Alexis Torbas fällt das Lächeln aus dem Gesicht. Er kneift seine Augen zusammen und kriegt einen fast feindlichen Ausdruck, der mich erschrocken zurückweichen lässt.

„Alani? Du heißt A-la-ni?“

Ich starre ihn an und antworte nicht.

Was soll das? Der sieht ja fast aus, als wolle er mich gleich beißen! Wie ein Hai kurz vor dem Angriff.

Das scheint ihm wohl auch gerade klar zu werden. Genauso wie ich bemüht er sich jetzt schnell um einen angemessen normalen Gesichtsausdruck. Allerdings wesentlich erfolgreicher als ich.

Er atmet einmal tief durch und zwingt dann wieder ein Lächeln auf seinen Mund. Seine Augen allerdings lächeln nicht. Das sehe ich ganz deutlich.

„Soso, Alani! Was für ein hübscher Name! Hawaiianisch, oder?“

„Äh, ja“, murmele ich, „ich glaube.“

Die anderen beobachten verblüfft unser merkwürdiges Verhalten.

Und Tay schiebt sich automatisch vor mich. „Ja, dies hier ist Alani Andros …“

„Soso“, murmelt der Mann, „Alani Andros.“ Er kneift seine Augen noch mehr zusammen, aber behält diesmal das aufgesetzte Lächeln bei.

„Ja“, fährt Tay etwas irritiert fort, „mich habe ich ja schon vorgestellt und dies hier sind Blue Raven, Nemone Söderflunder und Maris Meerstern.“

„Mein Vater ist der berühmte *Mono Meerstern* und ich habe …“, plappert Maris Matschfisch Meerstern ungerührt dazwischen.

Doch Blue fällt ihr wie gewohnt ins Wort. „Maris! Das interessiert echt keine fette Seekuh!“

Alexis Torbas sieht nun immerhin leicht amüsiert aus. „Sehr erfreut, euch alle kennenzulernen!“

Ich fixiere ihn aus einiger Entfernung. Wenn er sich freut *uns alle* kennenzulernen, warum glotzt er dann dabei nur mich so besonders unangenehm und durchdringend an?

Ich möchte plötzlich hier raus. Raus aus dem Zimmer. Weg von diesem unheimlichen Blick. Mir wird alles zu viel. All diese merkwürdigen Geschehnisse in letzter Zeit. All die Drohungen, die Entführung! Und nun auch noch ein Mann, der dankbar sein sollte, dass wir ihn gerettet haben, mich aber stattdessen so anstarrt, dass sich meine Schuppen aufstellen und mir ein kalter Schauer über den Rücken rieselt, so als wäre ich wieder im kalten Kanarenstrom. Ich zupfe Tay unauffällig am Ärmel. „Du, lass uns abschwimmen!"

Doch in diesem Moment öffnet sich die Tür und Meerschwester Zinzia paddelt herein. „Was ist denn hier los?"

Puh, die ist aber heute auch nicht gerade die Freundlichkeit in Person! Als sie mich entdeckt, sieht sie ehrlich erschrocken aus. „Was macht ihr hier? Der Kranke braucht dringend Ruhe!" (Wieso sah sie nicht erschrocken aus, als sie Nemone oder Tay oder Blue oder Maris gesehen hat?) Dann schaut sie Alexis Torbas so vorwurfsvoll an, als hätte *er* uns hierher eingeladen. Vorwurfsvoll und richtig grimmig.

Alexis scheint das nicht zu stören, er lächelt nur leise vor sich hin. „Die Mädchen wollten mir bloß ein paar gezuckerte Sardinen bringen. Ist das nicht nett?"

Meerschwester Zinzia guckt ihn so böse an, wie

man ein kleines Kind anguckt, wenn es gerade den gesamten Grottenvorrat an Tintenfischschokolade für die nächsten zwei Jahre aufgegessen hat. Und Alexis grinst über Schwester Zinzias Blick bloß unbeeindruckt und amüsiert. Eben genau wie dieses Kind, das sich sicher ist, keinen wirklichen Ärger zu bekommen, weil seine Mami es einfach viel zu lieb hat.

Als wir uns von Schwester Zinzia rausscheuchen lassen und langsam zurück zu unserer Schlafgrotte kraulen, sind wir alle etwas verwirrt. Nicht nur mir kam das Verhalten von diesem Alexis und auch von Schwester Zinzia merkwürdig vor, auch die anderen haben das so empfunden.

„Der Kranke braucht dringend Ruhe!“, äfft Tay Schwester Zinzia nach. „Also besonders ruhebedürftig hat der auf mich nicht gewirkt! Der sah doch eher total entspannt aus mit seiner Zeitung vor der Nase. Und dann richtig enttäuscht, als sie uns aus der Station wedelte.“

Ja, denke ich, aber nicht nur enttäuscht. Das Schlimmste war, dass der mich anglotzte wie ein Hai, der sein Frühstück fixiert!

Als ich später eingerollt in meiner Koje liege, fummele ich, wie gewohnt, ein wenig an Alexis und Nikos rum. Doch, statt dass ich davon ein muschelig-kuscheliges Gefühl von Zuhause bekomme (wie sonst immer), schwimmen mir bloß wieder all die unverständlichen Geschehnisse mit all ihren verwirrenden Namen ins Hirn und blubbern bis in meine Träume hinein darin herum.

Alexis … und Nikos … Joruna Nort … Aquamarina … ja und auch an Mam und Pap erinnere ich mich, bevor ich abtauche in wilde Wasserträume. (Warum hat Pap mir so viel verheimlicht?)

Doch der Blick von diesem Alexis Torbas verfolgt mich sogar bis in die frühen Morgenstunden. Als die Nacht endlich zu Ende ist, bin ich beinahe erleichtert.

ein neuer meerjunge

Am nächsten Morgen beim erneuten Krabbenpulen (ich schätze, nach unserer Woche Küchenstrafdienst kann ich kein Krabbenmüsli mehr sehen) fällt mir ein Foto an der Wand auf. Es zeigt eine der Köchinnen mit Harpune, fettem Fisch und stolzem Blick.

Ups! Wie konnte ich das vergessen! Denn plötzlich muss ich an das Foto in meiner Rocktasche denken! Davon habe ich Tay und den anderen ja noch gar nicht erzählt!

Schnell frage ich Tay, ob sie den Namen Sia Wellenschlag schon mal gehört hat.

„Ich hab nämlich bei Joruna Nort auch noch dieses Foto gefunden. Von mir, stell dir vor! Nur mit dem Namen Sia Wellenschlag darunter. Ist das nicht merkwürdig?"

„Sia Wellenschlag?", antwortet Tay und stopft sich die etwa zweihundertste Krabbe in den Mund. Die Menge der Krabben in ihrer Schüssel ist deutlich bescheidener. „Zeig mal!"

„Du kennst sie?"

„Nichft wirpflich", mampft Tay und schluckt dann den Rest der Krabbe hinunter. „Ich meine, ich bin ihr nie selbst auf einem Turnier begegnet. Aber den Namen kennt wohl jeder aus der Delfinpolowelt."

„Ach ja?" Wieder einmal fühle ich mich wie das hinterletzte Weiteste-Weiten-der-Weite-Meermädchen. Ich kenne ja wohl überhaupt gar nichts!

„Klar", nickt Tay. „Sie reitet für die Baltic-Auswahl. Letztes Jahr haben die den Pokal geholt. Allerdings lagen wir nur ganz knapp dahinter!" Sie grinst.

„Wie auch immer", sage ich etwas muffelig (Warum weiß jeder mehr über Delfinpolo als ich?), „ich verstehe nur nicht, wieso *ihr* Name unter einem Foto von *mir* steht!"

„Lass mich noch mal genau sehen!", bittet Tay. Dann schaut sie eine Weile nachdenklich darauf. „Stimmt, es sieht ein bisschen wie du aus. Aber …"

„Aber?", wiederhole ich ungeduldig.

„Aber ich bin mir meersandsicher, dass du das nicht bist!", meint Tay überzeugt.

„Warum glaubst du das?"

Tay grinst ein wenig spöttisch. „Guck dir dieses Meermädchen doch genau an!"

Ich gucke. Doch ich kann nichts sehen, was klarmachen würde, dass ich das tatsächlich NICHT bin.

Tay kichert. „Na los, fühl mal an dein Kinn!"

Ich fühle an meinem Kinn. Aber außer meinem alten Pickel-Kumpel Alexis kann ich dort nichts entdecken.

Tay kichert noch mehr. „Volltreffer! Hammerhai versenkt!"

„Haha! Sehr witzig!", sage ich beleidigt. Aber kapieren tue ich immer noch nicht, worauf sie hinauswill. „Ich weiß, dass ich da einen Pickel habe. Und was soll das mit dem Foto hier zu tun haben?"

„Lani! Mach die Augen auf! Dieses Mädchen hier hat *keinen* Pickel!"

Ich starre noch mal auf das Bild. Na schön, als ich noch keinen Alexis und keinen Nikos in meinem Leben hatte, da war ich vermutlich acht Jahre alt. Also das ist praktisch Jahrhunderte her. Dieses Mädchen hier ist aber ungefähr genauso alt wie ich. Und – ähm – sie hat tatsächlich KEINEN Pickel! „Vielleicht wurde er für diesen Tag mit Korallenkalkpuder überdeckt", gebe ich zurück und denke an Nemones Hilfsangebot von gestern Morgen. Das wäre ja immerhin möglich!

Tay nickt und grinst breit. „Ja, aber das wäre dann noch ein Beweis, dass DU das nicht bist!"

Ich gucke sie verständnislos an.

„Oder wie oft in deinem Leben puderst du dir morgens dein Gesicht?“ Tays breites Siegerlächeln geht in ein freundschaftliches Kichern über.

Ich lächele ebenfalls. „Hm.“ Ich muss sagen, da hat sie irgendwie recht. Ich hasse jede Art von qualligem Vor-dem-Spiegel-Stehen sowieso. Das tun diese ganzen schimmeligen Fischkätzchen hier schon genug!

„Na schön, dann bin ich es also vielleicht nicht.“ Ich stopfe das Bild wieder zurück in meine Rocktasche. Aber ganz davon überzeugt bin ich noch nicht.

Doch im Moment habe ich keine Zeit, noch länger über dieses merkwürdige Foto nachzudenken. Denn noch vor dem Frühstück steht ja Delfinpolo in Redriff auf dem Stundenplan (weshalb wir heute auch nur stark verkürzten Küchendienst hatten). Und deshalb wird es jetzt höchste Zeit, Tay für Polos geniale Idee vorzubereiten!

„Dann wollen wir mal ein paar schön meermatschige Farbtuben für dich zücken, liebe Freundin!“, grinse ich und genieße Tays entsetztes Gesicht.

„Oh Lani!“, stöhnt Tay. „Wenn das bloß gut geht!“

„Das wird es!“, sage ich so überzeugend wie möglich. „Ja, das wird es! Und außerdem bin ich ja dabei, falls du Schwierigkeiten bekommen solltest.“

Als Tay und ich wenig später durch das frühmorgendliche Korallenmeer kraulen, begegnen uns nur wenige Schülerinnen. Die Farben des Riffs leuchten anders als tagsüber. Fast magisch sieht die Meerwelt um diese Zeit hier unten aus.

Wenig magisch sind allerdings die verrückten kettchenbehangenen Glitzerfischchen, die hier schon eisern ihre Runden um Korallenkrone drehen. Ein paar der schimmeligen Glitzerkätzchen hier sind nämlich eitel genug, jeden Morgen kräftig Rückenschwimmen zu betreiben. Nichts kräftigt bekanntlich so gut die Bauchmuskulatur, wie auf dem Rücken zu schwimmen! Das weiß jedes Meerbaby! Und wer unbedingt aussehen will wie einer Muschelmonitorserie entsprungen, der muss halt kraulen!

Ich schüttele nur unverständlich den Kopf. Wie kann man bloß freiwillig so früh aufstehen? Und wen interessiert es, wie mein Bauch aussieht? Nur für eine einzige Sache auf der Welt würde ich mich noch vor dem Frühstück raus ins Meer quälen. Und das ist Delfinpolo!

Tay fasst sich etwa zum hundertsten Mal an ihr Gesicht. „Und du bist dir sicher, das sieht echt aus?"

„Ja, klar sieht das echt aus!", bestätige ich ihr zum hundert-und-ersten Mal. „Du siehst perfekt aus! Eben wie ein waschechter Meerjunge!"

Es ist nicht allzu schwer gewesen, Tay mit ihren kurzen strubbeligen Haaren in einen Jungen zu verwandeln. Ein paar geliehene Klamotten von Polo, ein wenig dunkler Granitstaub, damit ihre Gesichtshaut nicht allzu weich und mädchenhaft aussieht. Dann die Haare mit Gel streng zurückgekämmt und fertig war der Meerjunge Tay!

„Du findest nicht, ich sehe immer noch aus wie ein Mädchen?", fragt Tay unsicher.

„Kein bisschen!", beruhige ich sie.

Und sage nicht, dass ich noch nie fand, dass sie aussieht wie ein Mädchen.

Tatsächlich habe ich mich, als ich sie das erste Mal sah, gefragt, ob sie vielleicht ein Junge ist, der durchgeknallt genug ist, einen Rock zu tragen.

Heute trägt sie keinen Rock und sieht mehr denn je wie ein Junge aus.

„Vergiss bloß nicht, deine Stimme zu verstellen!", ermahne ich sie allerdings. Tays glockenhelle Stimme könnte leicht das Einzige sein, was sie verrät. „Oder rede am besten so wenig wie möglich!"

„Okay, Kumpel!", raunzt Tay mit dunkler Stimme sehr meerjungenhaft zu mir hinüber und bufft mich auch noch in die Seite, wie die Jungen das gerne untereinander tun.

Ich kichere. „Übertreib es nicht!"

„Nie und nimmer!", antwortet Tay mit rauer Stimme eines ungefähr Fünfzigjährigen. „Ich werde mich bescheiden im Hintergrund halten und den kleinen Meerbubis die Polokugel um die Fischköpfe knallen, dass sie die Meersirenen singen hören! Hihihi!" Sie räuspert und verbessert sich. „Ähm, ich meine natürlich: hohohoho!"

Ich lache und schüttele den Kopf. Hoffentlich geht das gut!

meerduschen können ein problem sein

Ich muss mich verbessern. Nicht nur zwischen den beiden Internaten Redriff und Korallenkrone paddeln ein paar verrückte Glitzermädchen herum, nein, auch hier am Rand des Delfinpolospielfelds haben es sich ein paar schwimmende Kettenständer gemütlich gemacht. Nur, dass diese hier nicht auf dem Rücken schwimmend an ihren Bauchmuskeln arbeiten. Keine Frage, warum die hier sind! Sie lassen keine Wellenschlaglänge lang ihre Augen von einem ganz bestimmten Spieler.

„Los, Jolvo!“ und „Das war toll, Jolvo!“ schallen uns schon von Weitem ihre Rufe entgegen – gefolgt von albernem Gekicher.

Jolvo, der Angebetete, ignoriert seinen Fanklub mit bewundernswerter Haltung. Er lässt sich kein bisschen aus der Ruhe bringen. Wieder und wieder lenkt er seinen Delfin in kurze, knappe Kurven, so scharf, dass man manchmal meint, er müsse jetzt gleich aus dem Sattel rutschen. Das tut er aber nicht.

„Super, Jolvo! Seesandsuper!“

„Matschiger Meermann, würde mir das auf die Schuppen gehen!“, raunt Tay mir zu.

„Dunkle Stimme!“, ermahne ich sie.

„Diese schimmeligen Glitzerkatzen haben doch nicht mehr alle Wasserwellen beisammen!“, wiederholt eine tiefe, tiefe Stimme neben mir.

Ich grinse Tay an: „Und nicht übertreiben!“

Tay rollt mit den Augen und seufzt. „War mir nicht wirklich klar, wie schwierig es ist, ein Junge zu sein!“

Da kraulen von hoch oben auch schon Polo und Maltis zu uns runter. Jolvo ist immer noch mit seinem Delfin beschäftigt und Sinnakus, dessen Stärke nichts ist, was mit Bewegung zu tun hat, ist natürlich nicht im Team.

Außer den beiden der Rattenfisch-Gang ist Maltis als einziger anderer Meerjunge in unser Geheimnis eingeweiht, weil er Tay schon zu oft gesehen hat, um sie nicht auch in Verkleidung zu erkennen. Die anderen Jungen, von denen die meisten, wie wir, gerade erst ankommen, werfen uns nur normal gelangweilte Blicke zu und schwimmen weiter zu den Ställen, um ihre Delfine zu satteln.

„Sind wir zu spät oder ist Jolvo zu früh?", frage ich besorgt und beobachte, wie Jolvo gerade einen beeindruckenden Looping schwimmt.

„Jaaaa, Jolvoooo!", schreit sein Fanklub.

Polo kichert. „Na, der gibt eine Sondervorstellung, wie ihr seht. Möchtet ihr euch vielleicht lieber zu den Matschhühnern da drüben stellen?"

„Vielen Dank." Ich grinse gequält und Tay rülpst bloß kräftig.

„Nicht schlecht!" Polo nickt anerkennend und schlägt Tay auf den Rücken. „Das hätte Sinni auch nicht wohlklingender hingekriegt."

„Danke", sagt Tay, bemüht, ihre Stimme tief zu halten, „es braucht erstaunlich wenig Übung, sich jungenhafte Manieren anzugewöhnen!"

Nun grinst auch Maltis. „Los, kommt! Wollen mal sehen, ob du auch Mr Monkfish mit deinen Manieren überzeugen kannst!"

Polo macht seine Sache ziemlich gut, als er uns beide dem Trainer der Redriff-Mannschaft vorstellt.

„Dies sind Alani Andros und Tajo York. Tajo ist erst gestern angekommen, aber wirklich gut, und sollte deshalb im Team spielen. Ich nehme an, er wird noch nicht auf Ihrer Liste stehen, aber ich dachte, es wäre schade, wenn er nur deswegen seine

erste Stunde verpassen würde.“

Der Meerjunge Tajo guckt düster und schrecklich männlich und nickt nur stumm. Vermutlich aus Angst, seine Stimme könnte ihn doch verraten.

Mr Monkfish wirft Tay einen etwas nachdenklichen Blick zu, gibt sich dann aber mit Polos Erklärungen zufrieden und winkt uns aufs Spielfeld. „Ihr beiden Neuen könnt Wellenbraut und Monty nehmen. Kommt zu den anderen, wenn ihr fertig seid! Wir werden heute nur ein paar Wendungen und senkrechte Schläge trainieren.“

Ich bin aufgeregt wie ein Seepferdchen vor dem ersten Sprung über eine Meerspalte. Delfinpolo! Ich werde auf einem Delfin reiten und richtiges, echtes Delfinpolotraining mitmachen! Flippiger Flossenschlag, das Leben kann wunderbar sein!

Wellenbraut und Monty beäugen uns freundlich aus ihren dunklen Augen, als wir die Sättel vorsichtig auf ihre glatten Körper schnallen. Wir beschließen, dass Tay Wellenbraut reitet und ich Monty. Wellenbraut sieht ziemlich ungeduldig und spritzig

aus. Nicht, dass Tay besser reiten könnte als ich – aber immerhin hat sie schon viel mehr Erfahrung damit, beim Reiten auch noch einen Poloschläger wild herumzuschwenken.

Das ist – wie ich kurz darauf herausfinde – tatsächlich gar nicht so einfach. Ein Poloschläger fühlt sich kein bisschen so an wie die Seegrasstangen, die mein alter Freund Petin und ich immer in den weitesten Weiten der Weiten begeistert über unseren Köpfen geschwungen haben. Schon nach wenigen Runden lässt Mr Monkfish mich absteigen und zeigt mir erst mal die vorschriftsmäßige Handhaltung des schweren Schlägers. „Mr Tallyho hat mir erzählt, dass du noch nie gespielt hast, aber dass er denkt, dass du großes Talent hast."

Meine Wangen nehmen eine leicht perlmuttrosa Farbe an. Erstens, weil ich erhitzt vom schnellen Reiten bin, zweitens, weil mir das Lob ein wenig peinlich ist, und drittens, weil es noch peinlicher ist, in der Mitte zwischen allen anderen Reitern angehalten und wie ein Anfänger belehrt zu werden, während die Meerjungen von Redriff mich spöttisch dabei von oben und unten beobachten. Aber ich bin natürlich eine Anfängerin. Da führt kein Meerweg dran vorbei. Und ich begreife, dass man Polospielen nicht lernt, indem man jahrelang begeistert jedes Match im Muschelmonitor verfolgt und danach johlend mit Seegrasstangen durch die Kelpwiesen tobt, sondern es scheint eine ziemlich schweißtreibende Angelegenheit zu sein.

„Wenn du jeden Tag mindestens eine Stunde übst", meint Mr Monkfish mit aufmunterndem Lächeln, „wirst du in ein paar Monaten vielleicht schon bei Trainingsspielen mitmachen können."

In ein paar Monaten? Und dann auch nur bei *Trainingsspielen*? Pickeliger Pökelfisch! Das hatte ich mir irgendwie anders vorgestellt!

Tay saust währenddessen lässig und gekonnt auf ihrer Wellenbraut mit schwingendem Schläger durch die Gegend und knallt den hochnäsigen Redrifflern tatsächlich die eine oder andere Kugel um die Ohren. Ziemlich schnell haben die Jungs begriffen, dass mit dem Neuen, diesem Tajo, nicht zu spaßen ist.

„Wo hast du so gut Polospielen gelernt?", fragt einer der Jungen sie nach der Trainingsstunde ohne auch nur einen Anflug von Spott.

Ich wische mir die verschwitzten Haare aus dem Gesicht, die im Salzwasser eine ziemlich filzige Masse bilden. (Werde sie mir wohl abschneiden müssen! Keine Chance, die jemals wieder mit Meerigelhonig-Shampoo in normale Form zu bringen. Ich hätte sie mir vielleicht doch zu einem Zopf flechten sollen, wie das alle Korallenkrone-Lehrerinnen immer predigen?) Dann achte ich ein wenig besorgt auf Tays Antwort. Doch Tay zuckt nur die Schultern, lässt ein abfälliges Grinsen sehen und reibt seelenruhig weiter Wellenbraut vorsorglich mit Algencreme ein, um eventuellem Satteldruck vorzubeugen. Delfinhaut ist empfindlicher, als man annimmt. Danach entlassen wir die Delfine wieder in ihre Weiten.

Tay und ich wollen schon, erleichtert, dass alles so gut gelaufen ist, abschwimmen nach Korallenkrone, um unser wohlverdientes Frühstück in uns reinzuschlingen (Ich habe Hunger wie ein Blauwal nach einer dreiwöchigen Abmagerungskur!), da hält uns Mr Monkfish auf. „Hiergeblieben! Nach jedem Training wird ordentlich geduscht! Die Sauerstoffduschen sind dort vorne!“ Und er deutet in die Richtung einer kleinen Höhle gleich neben den Ställen.

Ich gucke etwas verblüfft. Tay neben mir schluckt nur wortlos. Duschen! Klar ist es gut und wichtig, die Schuppen und auch die Haut von Schweiß und Dreck nach jedem Sport durch Hochdruck-Sauerstoff-Brausen zu reinigen. Aber … aber irgendwie wäre es – äh – uns lieber, das in einer MÄDCHEN-Dusche zu tun!

Mr Monkfish scheint in dieser Sekunde das Gleiche durch den Kopf zu gehen. Seine Augen bleiben an mir hängen. „Entschuldige bitte, Alani! Du kannst natürlich schon abschwimmen und drüben in Korallenkrone duschen." Dann winkt er Tay zu. „Und du – komm mit! Ich bringe dich zu den anderen."

Tay wirft mir einen flehenden Blick zu. Ich schaue entsetzt zurück. Und zucke dann mit den Schultern. Gleich wird Tay zwischen den Redriff-Jungs ihre geliehenen Klamotten ausziehen müssen und … Sie kann doch als Mädchen nicht splitterschuppennackt einfach zwischen den Redrifflern duschen! Darüber würde ganz Redriff ja noch Jahrzehnte lachen! Sie könnte sich nie wieder irgendwo sehen lassen!

Aber was sollte sie sonst tun? Wenn sie sich weigert zu duschen, wird ebenfalls klar sein, dass irgendetwas nicht stimmt.

„Ähm … äh … Tajo?", mache ich einen verzweifelten Versuch, sie zu retten. „*Darfst* du überhaupt duschen mit deiner – äh – Sauerstoffallergie? Ich meine, hat der Meerarzt dir das *erlaubt*?"

Tays Gesicht leuchtet so glücklich auf, dass ich einen Moment befürchte, sie könne zurückschwimmen und mich dankbar küssen.

Mr Monkfish aber guckt mich irritiert an. „Ihr kennt euch?“

„Flüchtig“, behaupte ich schnell, „flüchtig. Wir – ähm – wir sind in die gleiche Meerschule als kleine Kinder gegangen.“

„So“, meint Mr Monkfish. Dann schaut er ungläubig zu Tay . „Du hast eine *Sauerstoffallergie*?“ Er schüttelt verärgert den Kopf. „Also komm mir nicht mit so was! Das ist doch Meeraffenkram, den sich verweichlichte Meerstädter, schwächliche Feuerschwänze, ausgedacht haben, um ihre Schuppen nicht zu reizen. Nein, nein, das ist blanker Unsinn, Junge! Eine richtig harte Sauerstoffbehandlung nach dem Training hat noch keinem geschadet, glaub mir!“ Und damit gibt er Tay einen solchen Schubs nach vorne, dass sie etwa drei Wellenschläge weiterfliegt, bevor sie mit den Armen mühsam das Gleichgewicht wiederfindet.

„Hohoho, mein Meersöhnchen!“ Mr Monkfish lacht aus vollem Herzen. „Du hast wohl nicht genug Haifischbrei gegessen, was? Na, ein bisschen kräftiger musst du aber noch werden!“ Er lacht über seinen eigenen Witz. „Nun aber los! Ab in die Dusche! Und keine Widerrede! Wirst sehen, das tut dir gut!“

Gut? Rostiger Rattenfisch! Das wage ich wirklich zu bezweifeln!

Tay sieht aus, als würde sie zur Fischschlachtung geführt werden. Ich zermartere mir fieberhaft mein Hirn, was ich jetzt noch sagen könnte, um ihr die Demütigung der Duschen zu ersparen.

Doch dann passiert etwas, womit keiner gerechnet hat.

Mr Monkfishs Augen scheinen plötzlich etwas in der Ferne zu fixieren. Er kneift sie leicht zusammen, um besser sehen zu können, gleichzeitig wird sein Blick ernst. Sehr ernst. So ernst, dass ich ein wenig besorgt werde. Was ist los? Haben sich Killermuränen zu einer Herde zusammengerottet, um einen Angriff auf Redriff zu schwimmen? (Ich hoffe, das ist ein Witz!)

„In die Ställe!“, zischt Mr Monkfish. „In die Ställe! Alle! Sofort!“ Er guckt sich hektisch um. „ALLE! SOFORT!“, wiederholt er dann noch einmal, als stünde der Meerwasserweltuntergang bevor.

Da wird mir ernsthaft flau. Es wird doch nicht noch ein zweites Meerbeben geben? Mam! Pap! Hilfe! Ohne zu zögern, kraulen Tay und ich mit schnellen Bewegungen zu den Delfinställen rüber und tauchen hinein. Erst als wir sicher hinter den dicken Mauern sind, wagen wir einen Blick durch die kleinen Fensteröffnungen nach draußen.

Auch Mr Monkfish und die Redriffler, die vor dem Duschen noch getrödelt hatten, sind uns in den Stall gefolgt.

„Was ist das?“, fragt ein blonder Meerjunge, der keine schlechte Figur auf seinem Delfin gemacht hat, jetzt aber ein wenig verängstigt aussieht. „Sind das …?“ Er beendet seinen Satz nicht.

Doch Mr Monkfish nickt. „Ja, Landmenschen.“

„Die sehen ja komisch aus“, bemerkt ein anderer Junge. „Ich dachte, die hätten auch ganz normale Köpfe wie wir. Aber die haben ja so komische Glastüten vor ihrem Gesicht und … Schläuche überall.“

„Das sind Taucher“, erklärt Mr Monkfish. „Hast du denn in Landmenschenkunde nicht aufgepasst? Landmenschen können unter Wasser nur atmen, wenn sie dicke Tauchgeräte mit sich herumtragen.“

„Ziemlich umständlich“, bemerkt der erste Junge abfällig.

Und ich kann ihm da natürlich nur zustimmen. Aber, soviel wie ich im Unterricht gehört habe, machen Landmenschen ziemlich oft ziemlich unverständliche und ziemlich umständliche Dinge. Was natürlich daran liegt, dass sie so unpraktisch gebaut sind – mit ihren langen zerbrechlichen Beinen und ihren unflexiblen Lungen und so.

Trotzdem kann ich meine Augen nicht von den fremden Wesen lassen.

„Alani!“, warnt mich Mr Monkfish. „Bitte nicht so nah ans Fenster! Die Taucher könnten dich sehen!“

Ich merke, dass mir das fast egal ist. Ich bin so fasziniert von diesen Gestalten, dass ich mich einfach nicht zurückhalten kann. Es ist beinahe so wie vor ein paar Tagen bei der Insel, als ich meinen Meerprinzen sah.

„A-LA-NI! Weg vom Fenster!“

Doch es ist zu spät.

Einer der Taucher hat mich bereits entdeckt. Er zupft jetzt an dem Taucheranzug des zweiten und deutet mit wilden Gesten genau auf die Fensteröffnung, hinter der ich immer noch wie verzaubert stehe.

„WEG VOM FENSTER!“, zischt Mr Monkfish und ich höre deutlich die Wut in seiner Stimme. „Du wirst uns noch alle verraten!“

Aber ich kann nicht!

Ich kann meine Augen einfach nicht von diesem

Anblick lösen. Von diesem anderen Augenpaar, das genauso fasziniert durch seine dicke Taucherbrille zurückstarrt.

Und eine Sekunde, bevor Mr Monkfish mich erreicht hat, begreife ich: Die Augen, die ich vor mir sehe, sind blau! Himmelblau! Landmenschenhimmelblau! So blau, wie sie sicherlich nur einmal auf der ganzen Welt vorkommen. Ob in der Landmenschenwelt oder in der Meerwelt. Und ich habe sie gesehen! Ich habe sie ein zweites Mal gesehen! Oh seesandiges Seeherz, es ist tatsächlich ein zweites Mal passiert!

Mein Meerprinz!!!

Kein Wunder, dass ich komplett bewegungsunfähig bin!

Nun kommt auch der zweite Taucher hinzu und starrt mich an. Mit Augen, die ich allerdings ganz bestimmt noch nie vorher gesehen habe.

Und – AUA! – genau in dieser Sekunde reißt mich die harte Hand von Mr Monkfish zurück. Zurück vom Fenster und zurück in die reale Meerwelt. *Seine* Augen funkeln verärgert wie tausend Laternenfischchen, die am Abend aus den Grotten gescheucht werden.

„Wie kannst du es wagen?", blubbert er mit – trotz der Wut gedämpfter Stimme – los. „Das wird Folgen haben, junge Dame! Ich werde Miss Manatis Meldung machen! So ein riskantes Verhalten kann ich nicht dulden!"

Es ist ein Glück für uns alle, dass die beiden Taucher sich erstaunlicherweise dazu entschließen, weiterzuschwimmen, ohne unser Versteck genauer zu untersuchen. Die Erleichterung in Mr Monkfishs Gesicht ist deutlich zu sehen. Genauso deutlich ist allerdings zu sehen, dass er das, was er eben zu mir gesagt hat, ernst meint.

Schimmeliger Schwertfisch! In was für ein Schlamassel habe ich mich da nun wieder gebracht?

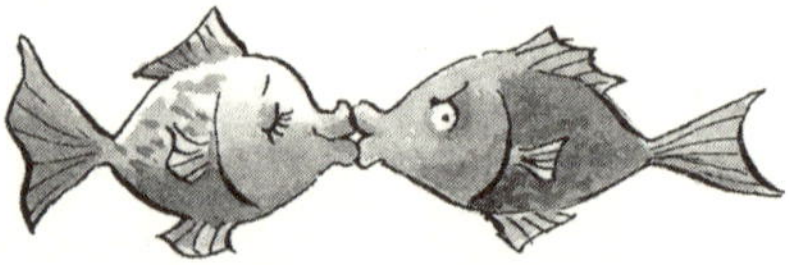

ist knutschen verboten?

Es ist ein wahres Glück, dass nach diesem Zwischenfall für das Duschen keine Zeit mehr ist und auch Tays „Allergie“ in Vergessenheit gerät. Sobald die Taucher außer Sichtweite sind, schickt uns Mr Monkfish alle zum Frühstück, damit die nachfolgenden Unterrichtsstunden nicht mit Verspätung anfangen müssen. Tay ist also fürs Erste gerettet.

Aber ich bin ohne Zweifel in Schwierigkeiten.

„Knotiger Haiknochen, Lani!“ Tay schüttelt immer noch mit dem Kopf, während sie sich in unserem kleinen Waschraum neben unserer Bernstein-Schlafgrotte das Gesicht sauber rubbelt. „Du hast ausgesehen wie versteinert. Was war nur los mit dir? Du hättest uns echt alle in Gefahr bringen können!“

Ja, jetzt hinterher, kann ich auch kaum glauben, dass ich so regungslos einfach vor dem Fenster geblieben bin. Aber ver-*steinert* war ich nicht. Eher ver-*herzt*.

Oder von Herzen verzaubert …? Gibt’s so was?

Muss man damit zum Meerarzt? „Ach, Tay …“, seufze ich.

Tay dreht sich um, sieht mein blubberig hilfloses Lächeln und begreift. Sie lächelt mich sanft und verstehend an. „Lani, alte Matschmakrele, du bist doch total forellenfischverrückt! Ein Landmenschenjunge! Von allen bunten Fischen auf dieser Welt!“

Der Tag und die Unterrichtsstunden gehen reibungsloser vorbei als erwartet. Vielleicht kriegen Tay und ich allmählich Übung in Anmut und Schuppenschönheitsquatsch, ohne das zu merken?

Und die Neuigkeit von den Tauchern hat schneller die Runde gemacht, als ich das Wort MEERPRINZ hätte hauchen können. Wenigstens ahnt niemand, dass ich einen der Taucher bereits vorher schon mal gesehen hatte. Wohl aber haben alle gehört, dass ich mich so unerhört verboten am Fenster gezeigt habe. Worüber vor allem Miss Manatis nicht sehr entzückt war. Ernst und traurig hat sie mich angesehen.

„Ja, begreifst du denn gar nicht, Alani“, hat sie gesagt, „in was für eine gefährliche Lage du uns mit so einer Unvernunft bringen kannst? Weißt du nicht, wozu Landmenschen fähig sind, wenn sie herausfinden, dass es hier unten Meermenschen gibt?“

Ich war zerknirschter als eine zermatschte Matschforelle und beinahe froh, als mir unsere Direktorin noch eine weitere Woche Küchendienst aufbrummte. Es hätte schlechter für mich ausgehen können. Denn natürlich weiß ich genau, WIE verboten es ist, sich Landmenschen zu zeigen!

Die Glitzermädchen blubbern und schnattern noch abends in den Röhren vor den Schlafgrotten über das Eindringen der beiden Taucher, dass einem die Ohren sausen! Kaum, dass sie sich über das Meerbeben abgeregt haben, freuen sie sich über den neuen Anlass, sich wieder wild ereifern zu können.

Ich aber denke über meine eigenen Sorgen nach. Wozu eine weitere Woche Küchendienst nicht wirklich zählt ... Ich denke an diesen Alexis Torbas. Wie der mich angestarrt hat!

„Was den Kerl angeht, da gibt's nur eins –", meint Tay und guckt mir in ihrer direkten Art seegrasgerade in die Augen, „wir müssen den Barsch bei den Kiemen packen!"

„Das soll heißen?"

„Wir müssen ihn noch mal besuchen!", meint Tay. „Rausfinden, ob wir uns das nur einbilden oder ob der wirklich etwas merkwürdig drauf ist."

Hm. Sehr viel Lust habe ich dazu nicht gerade. Ich würde sogar beinahe lieber eine von den dusseligen Perlmuttperlenketten auffädeln, wie Maris Matschfisch Meerstern das gerade in diesem Moment tut, als noch mal in die Meerkrankenstation zu schwimmen. Ich seufze. Und ringe mit mir. Denn eigentlich weiß ich, dass Tay recht hat.

Und habe ich nicht selbst gesagt, dass ich hier in Korallenkrone bleibe, um herauszufinden, warum mir all diese unglaublichen Dinge passieren?

„Aber dieser Alexis hat ja nun wirklich nichts mit meinen Entführungsproblemen zu tun!“, wende ich ein.

„Na und?“, gibt Tay zurück. „Dann sieh es einfach als Übung an. Wir brauchen ein wenig Übung im Sachen-auf-den-Meergrund-Gehen!“

„Findest du?“, frage ich.

Aber ich spüre, wie sich ein erstes Lächeln auf meinem Mund breitmacht. Tays Art macht Mut. Und Unternehmungslust!

„Na schön“, gebe ich nach, „dann lass uns noch mal zur Krankengrotte rüberpaddeln und sehen, ob der Typ immer noch so barschblöd glotzt, oder ob er endlich mal auf die Idee kommt, sich anständig bei uns zu bedanken!“

„Kann ich mitkommen?“ Maris findet Perlmuttkettchenauffädeln anscheinend doch nicht ganz abendfüllend.

„Würdet ihr mich auch mitnehmen?“, fragt Nemone einen Wellenschlag später.

Blue fragt erst gar nicht. Sie schwimmt wie selbstverständlich hinterher, als wir lospaddeln.

Und zu fünft fühle ich mich tatsächlich *noch* besser als mit Tay alleine.

Als wir die Tür zur Krankenstation öffnen, hören wir leises Gekicher.

„Na, sehr krank können die Kranken heute aber nicht sein“, bemerkt Blue und grinst.

„Ich glaube, es liegt gar kein anderer mehr hier als dieser Meermann“, sagt Maris.

In der Sekunde hören wir schrilles Kreischen.

„Meine Meerwelt!“, haucht Nemone leichenblass. „Da ist jemand in Not! Kommt, schnell! Wir müssen sofort …!“

„HALT! STOPP!“ Blue kann sie gerade noch an ihrem weiß-rosa Flatterjäckchen festhalten. Glücklicherweise! Denn nur einen Wellenschlag später geht das Kreischen in allerglücklichstes Kichern über. Und wenn Meermenschen glücklich kichern, brauchen sie ja im Allgemeinen nicht wirklich gerettet zu werden.

Dann … erstirbt das Kichern allerdings auch. Als ob sich etwas auf den kichernden Mund draufgelegt hat. Nun werden wir neugierig. Wir schieben uns alle fünf auf einmal vorwärts. Leise und ohne viele Wasserwellen aufzurühren, schielen wir in den Raum hinein, aus dem die Geräusche kommen. Und sehen …

… als Erstes den knallig runden Fischschwanzhintern von Meerschwester Zinzia!

Und dieser Meerschwanzhintern hockt mitten auf dem Bett des kranken Alexis Torbas. Genauer gesagt, sogar auf Alexis Torbas' Bettdecke und somit auf ihm selbst drauf. Knuffiger Knorpelfisch!

„Die knutschen!!!", piepst Maris laut heraus, bevor Blues Hand unsanft auf ihren Mund knallt.

„Klappe, Schwester!", zischt Blue. „Lass uns doch erst mal sehen, was hier genau läuft!"

„Uiiimpfff", macht Maris, aber sie bleibt ruhig im Wasser hängen, sodass Blue es wagt, ihre Hand wieder wegzunehmen. Maris holt tief Atem, guckt Blue vorwurfsvoll an, aber entscheidet sich dann doch für das stille Lauschen und Zugucken – genauso wie wir.

Könnte uns jetzt jemand sehen, wäre das bestimmt ein lustiger Anblick. Fünf Meermädchen übereinander im Wasser hängend. Mit ihren Nasen im klitzeklein geöffneten Spalt einer Tür.

Doch Meerschwester Zinzia und Alexis Torbas sind mehr mit sich selber beschäftigt als mit dem Türspalt oder mit den fünf Nasen, die darin hängen.

„Stachliger Meerigel, die machen das nicht zum ersten Mal!“, wispert Tay trocken.

„Nee, die haben Übung“, wispert Blue zurück.

„Ist ja nicht zu fassen!“, meint Nemone leicht schockiert.

„Wieso?“, fragt Blue grinsend. „Ist Knutschen verboten?“

„Nein, natürlich nicht, aber …“ Nemone schluckt. „Ich meine nur, wenn man Meerkrankenschwester ist …“

„Auch Meerkrankenschwestern brauchen mal einen Liebhaber“, behauptet Tay, als wüsste sie alles in der Meerwelt.

„Liebhaber?“, echot Maris mit großen Augen. „Die kennen sich doch kaum drei Tage!“

Tay wendet ihre Augen keine Sekunde von dem wild küssenden Paar ab. „Das glaubt außer dir aber kein Schellfisch! Guck sie dir doch an! Die kennen sich garantiert schon um einiges länger. Stinkendes Seegras und matschige Meerwelt, geht der Kerl ran!“

Etwas irritiert beobachten wir, wie Alexis Torbas Schwester Zinzia zu sich runterzieht und sein Gesicht tief in ihrem vergräbt.

Nach einer halben Ewigkeit legen die beiden endlich eine Knutschpause ein.

„Halbzeit!“, murmelt Tay fast unhörbar.

Ich muss kichern.

Dann fängt Meerschwester Zinzia an zu reden. Ihre Stimme klingt eindringlich.

„Alexis! So können wir nicht weitermachen! Du musst hier sofort abschwimmen, hörst du? Sofort!“

„Ich will aber nicht“, kommt Alexis Torbas’ Antwort.

Man hört einen tiefen Seufzer von Schwester Zinzia. „Du MUSST! Bedenke doch, wenn jemand rausfindet, dass du und ich …“ Sie beendet den Satz nicht.

„Na und?“, kommt Alexis’ Stimme von irgendwo hinter oder unter ihr. „Was sollen sie da schon herausfinden?“

„Ich meine, wenn du …!“

Alexis lässt ein heiseres Lachen hören. „Wenn ich wirklich …, haha, dann bin ich so schnell so weit weg, dass mich keiner mehr findet!“

„Und ich?“ Schwester Zinzia klingt nun fast empört. „Was wird dann aus miiimpffff…“

Der Rest ihres Satzes geht in einem unbestimmbaren Geräusch unter. Sehen können wir leider weiterhin lediglich den breiten Rücken von Meerschwester Zinzia.

„Was machen die jetzt?“, fragen Nemone und Maris wie aus einem Mund, als könnten wir drei mehr sehen als sie.

„Er versucht, sie mit Knutschen still zu kriegen. Aber sie wehrt sich“, antwortet Tay ungerührt.

Blue kichert. „Typisch Meermann!“

„Wieso typisch?“, fragt Maris.

„Verzischter Meerschaum, Maris!“, pflaumt Blue sie an. „Was für ein blauäugiges, unwissendes Meerschneckchen bist du denn bloß? Genau so sind doch Meermänner! Wollen immer knutschen. Besonders, wenn die Meerfrauen lieber reden wollen.“

„Ist das so?“ Maris sieht beleidigt und verwirrt aus.

Ich kann das natürlich genauso wenig beurteilen wie Maris, aber ehrlich gesagt, interessiert mich das im Moment nicht die Meerbohne. Ich fühle mich unwohl. Nicht nur, weil wir zwei Knutschende beobachten, sondern vor allem, weil ich langsam ein echt ungutes Gefühl bekomme, was diesen Alexis angeht.

„Lasst uns abtauchen!“, bitte ich leise.

Doch bevor wir das machen, hören wir wieder Alexis' Stimme aus den Tiefen des Bettes unter Meerschwester Zinzia. „Wunderbar, einfach wunderbar! Oh, saftige Südseeschnecke! Ich hätte mir nicht träumen lassen, dass es so einfach sein würde, hier in dieses heilige Internat hereinzukommen!“

Wir hören ihn lachen. Es ist kein freundliches Lachen.

„Und dass es von allen Meermenschen unter der Meeresoberfläche ausgerechnet die liebe kleine Alani Andros mit ihrer Freundin ist, die mich hierherbringt! Hehehe!“ Alexis scheint sich gar nicht beruhigen zu können. „Sie bringt mich selbst hierher! MICH? Ist das nicht einfach unglaublich?“ Sein Lachen klingt jetzt richtig hämisch.

„Bitte, Alexis!“ Schwester Zinzias Stimme wirkt dagegen zart und hilflos. „Bitte, das kannst du doch nicht wirklich tun! Bedenke doch! Was kann denn das arme Mädchen dafür? Du kannst sie doch nicht wirklich …“

Jetzt lacht Alexis nicht mehr. Seine Stimme kommt hart und entschlossen. „Das ist mir egal! Ich habe lange genug gelitten! Das Schicksal hat mich hierhergeführt. Und du …", man hört Schwester Zinzia aufquietschen, als hätte er sie grob an sich gerissen, „… du wirst mir helfen!"

„Nein! Ich …" Meerschwester Zinzia quiekt wieder wie eine angestochene Garnele, doch Alexis begräbt sie unter seinem Körper und erstickt damit jeden Widerspruch.

Gleich darauf scheint sich Meerschwester Zinzia aber nicht mehr ganz so sehr über Alexis zu empören, denn man hört wieder ihr mädchenhaftes Kichern.

„Ich – ähm – ich glaube auch, wir haben genug gehört", wispert Nemone mit besorgtem Blick. „Lasst uns endlich abschwimmen!"

puzzles sind zum zusammensetzen da

Ziemlich verwirrt, aber unbemerkt von Alexis Torbas und Meerschwester Zinzia, paddeln wir zurück zu unserer Bernsteingrotte. Ich weiß nicht, manchmal führt man über Jahre ein richtig muschelig-kuscheliges supersandig nettes Leben und dann plötzlich – WUSCH! – wie nach der Explosion einer Wasserbombe zerfällt alles in unauffindbare Einzelteile.

Na gut, den meisten Meermädchen passiert das vielleicht nicht. Aber bei mir war das so.

Ich lebte mit Mam und Pap und Sassi in den weitesten Weiten der Weite, weit weg von allen Wasserbomben, aber dann kam sie doch. Sie hielt in einer prunkvollen Meerstadt-Kutsche auf unserem Hof und stellte sich als Joruna Nort vor. Damit fing alles an. Und von dem Tag an war nichts mehr so wie vorher.

Alles zerbrochen. So fühlt es sich jedenfalls

manchmal für mich an. Obwohl Tay bestimmt recht hat, wenn sie sagt, dass ich selbst ganz sicher nicht zerbrochen bin, sondern nur die Welt um mich herum. Die Meerwelt, wie ich sie kannte, zumindest. Mit Mam und Pap und Sassi eben.

Und zu den verwirrenden Einzelteilen sagt Tay, dass das bloß Puzzlesteine sind, die wir noch nicht verstehen und nur neu zusammensetzen müssen. Und dass sie ganz sicher ist, dass irgendwann ein richtiges Bild daraus wird. Ein gutes Bild. Eins, mit dem ich glücklich den Rest meines Lebens verbringen werde. Mit all den Einzelteilen, die jetzt nur wild im Wasser herumwirbeln wie Quallen (manchmal sogar wie Feuerquallen) in einem Meerstrudel.

Natürlich sind Mam und Pap und Sassi alle noch da. Aber sie sind eben nicht meine richtigen Eltern und nicht meine richtige Schwester, was ich ja mein ganzes bisheriges Leben lang geglaubt habe. Warum nur haben sie mir das nie erzählt? Was wäre das Problem daran gewesen? Es gibt doch viele Meerkinder, die bei Pflegeeltern aufwachsen. Warum haben Mam und Pap all die Zeit so ein Riesengeheimnis daraus gemacht?

Und wer steht hinter diesem miesen, fiesen Feuerschwanz, diesem Rechtsanwalt namens Joruna Nort? Wer ist dieser Vormund, der Nort beauftragt hat? Warum zeigt er sich nicht? Und wieso lässt er einen Kerl für sich arbeiten, der mich entführt? Das alles ist doch so unfassbar!

Das alles stinkt!, würde Tay sagen.

Ja, es stinkt sogar fischstinkig stark, das ist mal klar wie Tintenfischbrühe! Aber damit nicht genug! Nun muss ich auch noch feststellen, dass es noch mindestens einen weiteren Kerl gibt, der mich entführen will. Und dass …

O mein Meerherz!

Von einem Wellenschlag zum nächsten wird mir ganz flau. Meine Schwanzflosse klappt direkt unter mir weg. Denn mir kommt gerade ein fürchterlicher Gedanke!

„Lani! Alles in Ordnung?“ Nemone schiebt hilfsbereit einen Arm unter meine Schulter. „Komm! Nur noch ein kleines Stückchen! Dann kannst du dich auf dein Bett legen!“

Wir paddeln die lange, tief im Korallenriff liegende Röhre entlang, an der die Schlafräume unserer Jahrgangsstufe liegen. Endlich erreichen wir die Bernsteingrotte. Nemone will mich schon sanft zu meiner Koje ziehen, doch ich paddele weiter zu der kleinen Waschgrotte dahinter. „Tut mir leid, mir ist nicht gut!“

Die anderen sehen mir besorgt nach. „Lani?“

Ich antworte nicht. Ich hänge bereits mit dem Kopf in der Abflussröhre und warte, dass sich mein Leben möglicherweise irgendwann wieder besser anfühlt. Das tut es allerdings nicht. Glücklicherweise passiert aber sonst auch nichts. Ich meine, ähm, jedenfalls nichts, was in der Abflussröhre verschwinden müsste. Ich fühle mich bloß weiter elend.

Von der Waschgrotte aus kann ich die anderen zwischen ihren Betten reden hören. Auch sie denken über diesen Alexis Torbas und Meerschwester Zinzia nach.

„Die kannten sich schon vorher!"

„Genau!" Das ist Tay. „Deshalb hat Schwester Zinzia auch so entsetzt geguckt, als wir Alexis am Tag des Meerbebens ohnmächtig ins Internat gebracht haben."

„Aber sie hat sich nicht anmerken lassen, dass sie ihn schon kannte."

„Nee, das wollte sie vertuschen."

„Aber wieso würde jemand entsetzt gucken, wenn gerade sein Liebster gebracht wird? So schwer ver-

letzt war er ja wirklich nicht und sie hätte doch wohl eher besorgt aussehen müssen."

„Ja, ganz genau! WIESO?" Das ist Blues Stimme.

Nun meldet sich Maris Matschfisch Meerstern zu Wort. „Auf jeden Fall ist Knutschen ja wohl erlaubt."

„Sicher, aber darum geht's nicht. Meinetwegen können die sich abküssen, bis die Putzerfische kommen. Es geht um das, wovor Schwester Zinzia Angst zu haben schien."

Mir krallt sich nun doch der Magen zusammen. Denn das, wovor Meerschwester Zinzia Angst hatte, ist natürlich genau das, wovor *ich* Angst habe. Ja, ich schätze, ich weiß genau, wovon die beiden geredet haben. Deswegen ist mir ja auch plötzlich so schlecht geworden.

„Ich hatte irgendwie den Eindruck, sie hatte ein schlechtes Gewissen", sagt Nemone, „nicht nur Angst."

Die anderen scheinen noch nicht ganz so weit zu sein. Aber deutlich auf dem Weg … Ich behalte sicherheitshalber weiter die rauschende Röhre vor mir im Auge.

„Die beiden waren total schräg", beharrt Blue. „Was sollte eigentlich der Quallenquatsch heißen, dass er lange genug gelitten hat?"

„Stimmt“, nickt Nemone. „Und wobei sollte sie ihm helfen? Es klang nicht so, als ob das etwas Gutes gewesen wäre.“

„Nein.“

Die vier schweigen eine Weile.

„Ist Alani immer noch da drin? Kann sie uns hören?“

Von jetzt an höre ich nur noch leises unverständliches Wispern.

Ich schätze, nicht nur ich erinnere mich in diesem Moment an den Brief, von dem ich ihnen erzählt habe. Den Drohbrief, der auf Joruna Norts Schreibtisch lag. Geschrieben von dem Typ, der mich entführen will. Da stand ebenfalls irgendwas darüber, dass jemand anderes das Leben des Schreibers zerstört hat. War das nicht ein gewisser Nikos? Ja, genau, dieser Nikos soll sein Leben zerstört haben.

Nikos. Alexis. In meinem Hirn beginnen die Wörter durcheinanderzuschwimmen wie Heringsschwärme in einem Auffanglager. Ich glaube, ich paddele doch mal zu den Kojen rüber und versuche, meinen Kopf in Schräglage zu bringen.

Als ich zurück in den Raum komme, empfangen mich besorgte Blicke. Ganz offensichtlich traut sich keiner, etwas zu sagen.

„Schon gut“, sage ich und atme tief durch, „mir ist selbst klar, wer dieser Alexis Torbas ist.“

Die anderen nicken betreten, weil sie es wohl auch inzwischen begriffen haben.

Dann bewegt Tay ihre kräftige Flosse und lässt sich zu mir herübertreiben. „Lani, hör mal! Dass wir jetzt wissen, dass dieser Kerl, dieser Alexis, vermutlich der ist, der dich entführen will und der den Brief geschrieben hat, das ist doch nur gut!“

Ich hebe erschöpft den Kopf. „Ist es?“ Habe ich irgendwas nicht mitgekriegt? Freuen wir uns jetzt über jeden gelungenen Meermädchenraub?

„Lani!“ Tays Stimme ist eindringlich. „Du wirst nicht geraubt werden! Wir alle sind bei dir!“

Ich atme tief aus. Tays Gesicht sieht ernst, aber zuversichtlich aus. Ich kann nicht anders, als ihr zu glauben. Oder nennt man das Vertrauen? Egal. Das erste Mal heute Abend schiebt sich wieder eine warme Wand zwischen mich und die dunkel drohenden Puzzleteile.

„Wenigstens brauchen wir jetzt keinen der Lehrer mehr zu verdächtigen, die Kontaktperson aus Korallenkrone zu sein“, bemerke ich immer noch etwas matt.

„Nee, die Kontaktperson ist dann wohl Schwester Zinzia“, nickt Blue.

„Oh, Alani!“, quietscht Maris plötzlich auf. „Glaubst du, dieser Alexis will noch mehr Meermädchen entführen?“

„Du kannst dich ihm ja mal anbieten!“, kann Tay sich nicht verkneifen zu sagen.

Blue ist da noch um einiges direkter. „Halt endlich die Klappe, du schissrige Süßwasserkrabbe!“, stöhnt sie auf und rollt die Augen wild in Maris’ Richtung. „Es geht um ALANI! Einzig und allein um Alani!“

Dann dreht sich Blue zu mir. „Lani, mach dir keine Sorgen! Wir werden dir helfen! Wir passen auf dich auf! Wir sind alle da für dich!“

Und nicht nur Blue und Tay, auch Nemone und sogar Maris Matschfisch Meerstern nicken dazu heftig.

„Das sind *fünf* gegen *einen einzigen* Entführer!“ Blue lächelt siegessicher.

„Trotzdem ist Alani in allerhöchster Gefahr, solange dieser Kerl hier noch rumschwimmt“, gibt Nemone leise zu bedenken.

Ich hebe traurig den Kopf. Ja, ist das nicht komplett verrückt, dass ich selbst es war, die meinen Entführer hier angeschleppt hat? Jetzt ist er hier. Hier in Korallenkrone. Weil ich ihn aus dem Meer gefischt habe!

Dann sehe ich in die Gesichter meiner Freundinnen: Da ist Blue, entschlossen und trotzig, beinahe wild sieht sie aus und ihre Augen funkeln. Fast, als könne sie es kaum abwarten, diesem Alexis mal einen fischfetten Kinnhaken zu verpassen.

Und Nemone, besorgt, aber hundertprozentig bereit, mir zur Seite zu stehen, was auch immer passieren mag.

Und natürlich Tay, stark und mutig wie ein Blauwal.

Ja, sogar Maris versucht ihr Bestes, entschlossen auszusehen, während ihre tausend Kettchen an Hals, Handgelenken und Schwanzspitze munter klimpern.

Ich muss lächeln. Ich kann einfach nicht anders.

Ja, die Bombe, die plötzlich in mein Leben einschlug, hat mich weit weggespült. Weit weg aus den weitesten Weiten der Weite. Aber sie hat mich *hier* angetrieben. In Korallenkrone. In ein Internat mit den glitzerigsten Glitzerfischchen, die es in der Meerwelt wohl gibt.

Doch wunderwasserweise scheint es … ja, es scheint so, als wären zumindest einige von ihnen ziemlich sandige Glitzerkätzchen! Vielleicht sogar so sandig, dass man durch ein paar Abenteuer mit ihnen schwimmen kann? Ich habe nämlich das Gefühl, dass die größten Abenteuer immer noch vor mir liegen. Ja – knalliger Kugelfisch! –, ich glaube wirklich, es geht gerade erst los. Das große Abenteuer meines neuen Lebens!

Und hier schwimme ich nun also inmitten lauter Puzzlesteine, die noch kein Bild ergeben, aber ich bin nicht allein. Ganz und gar nicht allein.

Da fällt mir ein, was meine kleine Schwester Sassi immer sagt: Puzzlesteine sind toll! Puzzles sind zum Zusammensetzen da!

Sassi mag Puzzlespiele. Je mehr Teile, desto besser.

Okay, und ich denke, genau so sehe ich es jetzt auch wieder. Ich lächele nun breit und zuversichtlich und auch mein Magen und mein Kopf fühlen sich an, als wären sie mit mir einer Meinung.

Oh ja, ich werde all diese verwirrenden Einzelteile zusammensetzen. Stück für Stück. Und ich werde irgendwann verstehen, warum mein Leben sich plötzlich von einem Tag zum anderen änderte.

„Lani und Tay, die unschlagbaren zwei!", flüstert Tay zu mir rüber, kurz bevor ich einschlafe.

Statt abzuklatschen, drücke ich ihre Hand. Ja, Lani und Tay! Und Nemone, Blue und Maris! Und Korallenkrone überhaupt! Und Delfinpolo und …

Ach, so schlecht fühlt sich die Meerwelt nicht an! Eigentlich wirklich gar nicht schlecht!

Und diesem Alexis Torbas, dem werden wir es schon zeigen!